Travessia

EDITORA

EDMUNDO DE CARVALHO

Travessia

São Paulo/2007

Editora Aquariana

Copyright © 2007, Eduardo de Carvalho

Revisão: Antonieta Canelas
Capa: José Augusto de Lima Rodrigues
Editoração e Fotolito: Spress Bureau de Fotolito

CIP - BRASIL - CATALOGAÇÃO NA FONTE
SINDICATO NACIONAL DOS EDITORES DE LIVROS, RJ

C322t

Carvalho, Edmundo de, 1949-
    Travessia / Edmundo de Carvalho. - São Paulo : Aquariana, 2007.

    ISBN 978-85-7217-104-5

    1. Condições rurais - Literatura infanto-juvenil. 2. Vida rural - Literatura infanto-juvenil. I. Título.

07-2682.   CDD: 028.5
                 CDU: 087.5

12.07.07   12.07.07   002669

Direitos Reservados
EDITORA AQUARIANA LTDA.
Rua Lacedemônia, 85 – Vila Alexandria
04634-020 – São Paulo – SP
Tel.: (0xx11) 5031-1500 / Fax: (11) 5031-3462
editora@aquariana.com.br
www.aquariana.com.br

Sumário

Prefácio 07

Menino pererê 11
A morte do macaco 19
Loja de brinquedos 25
Espuma branca 29
A viagem 33
Negro pó de café 37
A procissão e a serpente de fogo 41
As Torquata 43
Saci no cafezal 49
Um sonho 53
A corda 57
Cashindê pindoruama 63
Moda de viola 73
Cu de burro 79
Bunda de formiga 83
O sobre-tempo 85
Comendo chuva 91
Sem tempo para alforria 101
Açúcar amargo 105
Chei di graça 115
O primeiro assassinato 121
Travessia 125

Prefácio

Li de uma assentada o pequeno grande livro de Edmundo de Carvalho, que ele chamou de Travessia e que percebo como um inesperado encontro trifásico. Uma das colunas dessa tríade é o processo literário que insinua mais do que narra, eis que intuímos desses relatos muito mais do que nos foi expressamente contado. Assim, temos que somar o que foi contado e o que foi sugerido. Pela ordem:

Literariamente, a linguagem é excelente, as imagens muito vívidas, bem postas as sugestões.

Encontramos a cada passo imagens poéticas, como a daquele galo "que cumpre seu compromisso com a madrugada" e o modo novo de descrever a partida, afirmando que "a caravana fez estrada".

Em suma, é um estreante que promete muito. Dono de linguagem bem burilada, com um manejo da arte de narrar que nos conta mais do que aquilo que está escrito.

No livro, secundariamente, o que avulta do todo é uma sociedade rural, a sua cultura típica, uma filosofia acumulada de bem viver, adaptada à terra e à gente por longa vivência. Um folclore assim posto é verdadeiramente pesquisa, ou serve para base de pesquisas. Está presente um acréscimo de autenticidade. Sem analisar, o autor nos põe em presença do folclore da região, o mais verídico, o mais certo, e o mais vívido. O que é mais importante no livro sob esse aspecto, é o valor de testemunho. Como vive esse povo? O que pensa? Quais são as suas quimeras? E os seus mitos e duendes? Quais as acontecências que nos dão o seu retrato veraz, de corpo inteiro e de alma inteira? Tudo isso está ali, com exemplos verídicos, no linguajar valeparaibano. Lendo o livro, fazemos uma viagem de espanto a espanto, num Brasil desconhecido apesar de meio desvendado por Valdomiro Silveira, Amadeu de Queirós, Monteiro Lobato, Guimarães Rosa, Amadeu Amaral e Mário de Andrade. Nessa viagem em que se pode pegar o pererê no redemoinho de vento e prendê-lo numa garrafa. Nesses caminhos onde galopa a mula-sem-cabeça e gemem as almas em pena, vemos também as festas, a alegria da banda passando, a boa montanha das goiabas maduras despejadas no chão, o leite da vaca preta que dizem que é mais encorpado e a culinária dos doces apresentada nas tachadas de goiabada.

Viajamos ao longo de um tempo que se acabou. E a notícia é tão viva que nos dá vontade de contar igualmente os nossos acontecidos, tão longe nos leva a prosa desse mágico memorialista.

A terceira e mais importante parte desse tripé mágico em que se assenta o livro, é como se resolve a identidade do narrador, que se conta sem usar uma única vez o pronome EU, o primeiro pronome pessoal. Lá não estou EU, mas a infância, perdida no mundo. E há o mundo. O menino que comparece é realmente o narrador, o protagonista, mais completo do que o compadre Quelemém, de Guimarães Rosa. Está simplesmente no país da quimera, mas também dolorosamente na vida, para onde nos leva comovidos.

"Aquela figura roubando idéia do menino, até que um pássaro colorido cruzava sua visão e o levava a persegui-lo. Pronto, lá estava ele de novo sorvido pela força da vida."

O menino perpassa o livro inteiro, a vida toda, o universo. Ele é. Ele está. Ele palpita em cada circunstância. Está inteiro, saindo na caravana de adultos pela madrugada. Está risonho e inteiro na procissão, puxando o laço do vestido das velhas rezadeiras. Está espiando as Torquatas. Está vivendo integralmente o sonho. Viu a corda, o tenebroso enforcado. Ouviu as modas de viola. Lá está ele entre as formigas, e em Sobre-tempo. Assistiu ao primeiro assassinato. Brincou todos os brinquedos da loja da lembrança.

Conheceu a negra pó de café. E viveu nesse infinito, que sobreveio à noite do assassinato. E, de repente, se duplicou no menino preto, enjeitado, o Aparecido.

Esse menino apreciava as histórias de Don'Ana, cada repetição, cada palavra e se empolgava com os contos fantásticos que incluíam Joaquim Camarada, o feiticeiro. O JC. A comunhão, a aceitação, o juntar-se ao feiticeiro é contado assim:

"O menino teve um contato com o JC no dia em que sua avó ofereceu ao velho um prato de comida. O homem se sentou no chão e o menino, curioso que sempre fora, aproximou-se do velho e assentou-se no chão, junto dele, e com ele comeu no mesmo prato."

O menino é, pois, a testemunha, o protagonista, o narrador. Nessas funções, percorre episódios de alto lirismo, e de quente humanidade.

Não é livro para se ler uma vez só, nem duas, nem três, mas muitas, para mergulharmos, deliciosamente, deliciadamente, no fabuloso e esquecido país da perdida infância, que já esquecemos, mas que é a parte mais comovente da nossa verdade.

Ruth Guimarães
Maio de 2007

Menino-pererê

Chegou ao mundo sem saber como, nem por que; talvez por força do nascimento, da vontade da criação, que não dá oportunidade de escolha, embora dê consciência para se fazer interrogativo de si mesmo. Encontrou consigo nas travessuras, ao bater-se contra os próprios limites, que se foram alargando a cada esbarrão.

De repente, viu-se ali, encontrando-se com as coisas. Falando com as pessoas.

Encontrou o mundo sólido, coisas prontas. Havia já a rapadura, o pé-de-moleque, lugar para pisar e dormir. Havia casas, ruas, igreja, venda com maria-mole e guaraná Pagé, o danado do saci e até piru para fazer xixi.

Árvores produzindo frutos para cada sabor.

Para cada cor, flores.

Rio produzindo peixes, mas com minhocas para buscá-los.

Dias sólidos de sol.

Noites insólitas, assustadoras e misteriosas.

A chuva não molhava o arco-íris, não o derretia.

As estrelas não caíam, como se dizia. Às vezes, passava um risco de fogo na noite.

Podia-se pegar o saci-pererê com peneira no redemoinho de vento e prendê-lo numa garrafa. Ele não era mau assim. A mula-sem-cabeça e a alma-penada eram muito piores. Dava medo de ouvir a Tonica contar.

As estórias de assombração eram tão verídicas como as brasas do fogão a lenha. Labaredas eram luzes que não se podia tocar. Podia-se flutuar com elas, nas suas cores, nos tremulantes meneios, nos estalidos criando milhares de estrelinhas, que subiam para o céu. Seriam elas filhotes das estrelas da noite? Embevecia!

A cidade era tão concreta, como que a alma das pessoas que passavam pela procissão iria para o céu?

Na igreja, encontrava-se com o grande castigo de Deus. Era bonita, eram lindos os paramentos e comovente a crucificação. Mas não se entendia nada do que o padre falava. *Dominus vobiscum* (dorme no colo do bispo?).

Não havia limites para as estripulias.

Coisas surgiam, muitas, a cada dia.

Era muito bom nadar nas águas iluminadas das cachoeiras e andar pelos rios, pulando de pedra em pedra.

Não havia limite depois da curva do rio, sempre havia outra, e outra!

Ah! Como era bom olhar a cidade do alto do morro da Capelinha. Oportunidade de dominar tudo. Ampliava seu domínio para muito além da serra azul. E que momento era! Ora o coração ficava com as casas, os telhados, as ruas de terra por onde seguiam as carroças, os cavaleiros e os outros meninos que o procuravam. Ora sua imaginação seguia por sobre as montanhas, indo buscar o...

O incontável. Não adiantava ouvir da boca dos homens. Elas eram trêmulas, desdentadas, com cheiro azedo de bêbados. Na venda, ouviam-se histórias não fiáveis. Era mais disputa de interpretação entre gargantas lavadas de cachaça. Um dia teria que ir ver por si mesmo...

Ah, e as festas então. As pessoas ficavam solidárias. Os andores, as procissões. A alegria da banda passando! Não havia como não acompanhar.

Mas acreditem que, de tudo, as goiabadas eram demais. Vinham os cargueiros com os balaios cheios, despejando ali mesmo, no chão do terreiro, boa montanha de goiabas. Todos em volta, aproveitando o melhor da polpa, enquanto o tacho de cobre esperava à beira do fogo a lenha.

Tacho no fogo, polpa no tacho, açúcar na polpa e toca-lhe uma enorme colher de pau a mexer. Goiabas vermelhas, cascas amarelas e goiabas brancas iam se desmanchando na fusão e resultando em incrível cor rubra, densa e brilhante. Mistério do fogo, depurando. Imensa tachada com massa vermelho-escura espirrando em bolhas, que às vezes lançavam gotas muito quentes no peito dos meninos mais curiosos. Bloffff...

Disputar as frutas com os pássaros, a bola com os meninos no Campinho e a moela com os primos no almoço, prenúncio não percebido de conflitos que enfrentaria.

A vida para ele não era a dos tempos de escola, de levantar todos os dias no mesmo horário, escovar os dentes, vestir aquela mesma impecável roupa uniforme. Não era a prisão padronizada. Era sim o conforto do desconforto, das regras sem padrão, do tempo não calculado a revisitar os mistérios que construíam e destruíam a cada dia as coisas que se viam. Era simplesmente levantar e sair a qualquer hora, com qualquer roupa, enfrentando com os pés a lama, os espinhos, as estradas, os rios e os estribos das montarias, martelando o bumbum em busca de aventuras.

Não podia haver coisa mais importante que a expectativa do momento de fisgar um peixe. Sentado à beira do barranco, o silêncio interior destinava completa atenção ao ponto de encontro da linha traspassada no selo d'água, amarelada pelas chuvas de verão. Aquele ponto o levava aos primeiros pensamentos, às primeiras reflexões, ora subindo contra a correnteza, ora se deixando levar correnteza abaixo...

Pássaros à volta, mangas amarelando no espaço e todo clima quente de natureza exuberante, invólucros de um mundo só seu.

De repente, a fisgada. Sobressalto e o coração lhe vinha à boca.

Lindos os bagres daquele tempo! Cinza-dourados, couro liso como o sabão que ele fazia escorregar pela banheira.

Ele só não entendia o pito que levava, quando chegava em casa, às vezes já noite, com a fieira como troféu. Digno de premiação antes que de xingação!

Mas o consolo estava nos elogios que a Tonica dava ao fazer chiar os peixes na frigideira. Era de lamber os dedos.

Por que os adultos não vinham partilhar daquele banquete?

As mangas quase caíam no seu bornal. Curioso é que as melhores e mais bonitas estavam mais altas, mais difíceis de apanhar. Que vitória era, empunhando a atiradeira que ele mesmo fazia, disparar a pedra certeira, que cortava a haste e o fruto descia ileso, batendo pela densa ramagem.

Por que a manga empipocava o corpo de Inhá Mariquinha, a passadeira de roupas, que tinha uma filha roliça e buliçosa, que mexia com as coisas dos meninos, nas primeiras noites ardentes. Inhá Mariquinha que "pagava seus pecados", diziam sem explicar, tinha o marido muito doente, que quase não saía. Talvez para fugir aos olhos inclementes. Era esquálido, botando medo de se ver. Aquela figura ficava rondando a idéia do menino até que um pássaro colorido cruzava sua visão e o punha a persegui-lo. Pronto, lá estava ele de novo sorvido pela força da vida.

Mas à noite, na solidão da cama, imagens do mundo obscuro, voltavam todas juntas, como procissão do inferno. A menina morta, picada por urutu, deitada sobre a mesa da Santa Casa, que ele vira por uma fresta da janela. O sino da igreja, choroso, anunciando mais um morto. Qual seria seu destino, o purgatório ou o inferno, já que o céu lhe parecia impossível, pelos pecados que cometera que de tão cabeludos nem valia a pena confessar ao padre? Parecia-lhe tudo tão fora de seu alcance, tudo tão perdido... Os pássaros e gatos que matou, as frutas que roubou, as galinhas e éguas que amou. E o amor solitário, imaginado, com as primas e as mulheres das revistas? Definitivamente, ele não teria qualquer chance com o céu.

No dia seguinte, o brilho do sol apagava o poder das trevas e o pererê voltava com as mesmas reinações de antes.

Esquecido dos medos da noite corria logo cedo para o Campinho do Carlinhos, onde se dividiam os postulantes em dois times, que davam o espetáculo. Às vezes até anoitecer, com breves paradas para as refeições.

Craque do pedaço era o Dadinho, filho do Roque Doutor, que não era doutor coisa nenhuma. Aquele negrinho era infernal com a bola nos pés, era o melhor do mundo, e todos queriam jogar no time dele, que sempre ganhava.

"Menino, seu avô está chamando para almoçar."

Peremptória a ordem. O avô era severíssimo e não admitia senãos.

Por que almoçar se o apelo dos pés era mais forte que o do estômago?

Mas atender ao avô lhe garantiria liberdade total até a hora do banho. Lá ia ele aos temperos da Tonica. Em meio ao caminho, já sentia o cheiro do que o esperava e o fazia correr...

O avô sempre solenemente à cabeceira, controlava tudo com os olhos e não deixava oportunidade escapar-lhe sem emendas. Quase sempre havia alguém para almoçar e compor atmosfera de glória às narrativas e realizações mais simples. Eram histórias e estórias que o avô ouvia pacientemente e às vezes entusiasmado. Alguns falavam sobre crias, cavalos, cargueiros e plantações, em narrativas pormenorizadas, como um relatório das coisas que o mundo deles tinha para contar. Outros eram amigos de perto ou de longe que vinham, cada qual com seu mundo, ou até mesmo para desfrutar da farta mesa e da sabedoria do anfitrião. O mundo daquele homem que ouvia era tudo o que ele era e aquilo que os outros traziam.

Certa vez estava à mesa um senhor muito falastrão, de pouca gramática, a dizer de seus distintos atributos e assacou solene: "Como o amigo já sabe, eu fiz a escola até o fim...".

Sem embargo, o velho observou em tom jocoso: "Mas o amigo me permita que escola não tenha fim!".

Noutra, vinha o padre como que para compensar a ausência do avô à igreja. O velho recebia a sutil reprimenda com impassibilidade e bom humor: "A Deus eu ofereço a pior parte de minha vida; a minha morte".

Em meio aos distraídos parlamentos, fazia-se o menino por livre e escorregava leve de volta para a bola antes que surgisse um reserva a lhe roubar a vez. E estava lá, solto em meio à massa de vida e histórias daquele recanto de mundo que compuseram sua infância e que o permitiram recontar...

A morte do macaco

O riacho de águas límpidas, com muita pedra e musgo, era habitado por pequenos e agitados lambaris.

Era no alto da Serra da Bocaina, onde nasce o rio Paraíba, onde a pescaria era farta como farta era a alegria daquela pequena caravana de meninos guiados por dois empregados da fazenda e que serviam de guias e amigos.

O almoço foi ali mesmo, à beira do riacho, sentados sobre a relva, cada qual sacando sua marmita, improvisada em pequenas panelas bem amarradas com pano muito alvo. As montarias desarreadas pastavam em volta. A paz seria completa se não fosse a impertinência de um dos primos que se achava mais esperto.

O dia, claro como as águas do riacho. Nada fazia prever o que se deu. A beleza exuberante da Bocaina e o despojamento daquela juventude, somados, não poderiam evocar medos.

O sol, já quase posto, iluminando os montes dos montes que, fazendo sombras em si mesmas, reluzia aqui, ocultava ali. Eram as matas movimentando o verde brilhante ao som dos ventos, nos montes dos montes.

As massas frias e quentes da atmosfera orquestravam o drama. O dia estava muito quente. A juventude, acalorada. Os animais, irrequietos. Avós e tios esperavam na Casa Grande, ao pé da Serra, dez quilômetros caminho abaixo. O guia mais velho deu as ordens da partida que todos acudiram de pronto. Começava um quê de ansiedade revelada no tropel dos cavalos. A pequena caravana partiu ligeiro.

O caminho, naquele primeiro trecho, era suave como suaves eram as ondulações da Serra. Mesmo a descida, quando se iniciou, contornando densa mata, não impunha sacrifícios à tropa descansada e à euforia comum a todo início de cavalgada.

Naqueles campos de altitude, distingue-se completamente a vegetação rasteira das matas. Onde é campo, predomina quase exclusivamente macega. As matas são delicadas, de árvores baixas. Galhos contorcidos, folhas pequenas e cascas enrugadas, repletas de pequenas fendas, testemunham o rigor a que a vegetação é submetida. Muito vento, frio intenso e solo fraco. Mesmo com toda aquela rusticidade, a graça e a delicadeza brotam em cada ramo, em cada musgo, em cada pequenina e delicada flor. Cada copa é um buquê amparado nos buquês vizinhos. Variados tons de verde, ora opacos ora brilhantes, distinguem cada folhagem.

Ao se enxergar a casa do Zé Capucho, as nuvens vinham tampando tudo o que se via, com velocidade espantosa. A neblina baixou, encobrindo tudo e deixando, em tudo, uma aura de mistério. Parecia agir rápido, esgueirando-se entre árvores para pegar as presas desprevenidas. E elas realmente o estavam. Todos se olhavam e colocaram risos no lugar dos nervos.

Ao chegar à casa avistada, a chuva já caía grossa e Zé Capucho, que se prevenira para os receber desde o momento que passaram na subida, esperava com a mesa posta com tudo que podia para um lauto café de roça.

Enquanto comiam, sem dar tempo à boca para outra coisa, o anfitrião falava, com a mesma disposição, sobre os riscos da descida naquelas circunstâncias. "O Panelão é muito ingrato com um tempo desses."

Ficaram todos sob um grande rancho de sapê, à beira da casa, misturados aos animais que também insistiam em se abrigar.

A chuva serenou. O homem insistiu; percebia-se que era pela consideração para com o avô da garotada que ele se mostrou muito atento desde o princípio.

A calma aparente da natureza animou a recomeçar a viagem. Cada qual chapéu na cabeça, que jamais chegaria em casa, e com um saco de estopa amarrado às costas. Era um exército despreparado, indo enfrentar adversário poderoso.

A beleza de tudo aquilo, a emoção e a sensação de aventura não permitiam interrupção da jornada, não aceitavam armistício. A caravana caminhando em linha pela trilha estreita, à medida que penetrava na mata que encobria os quilômetros restantes do caminho até à fazenda, recebia o furor de impiedoso temporal.

Dentro da mata, a escuridão fazia tomar o dia por noite. Vento e grossa chuva faziam mover tudo que estava sobre o solo. Mesmo o pensamento oscilava entre medo, perplexidade e êxtase de aventura.

Os cavalos desciam mais aos escorregões que passo a passo. Demonstraram ser exímios patinadores. Curiosamente, o lugar mais seguro para pisar era, exatamente, por onde corria a enxurrada. Mas dali a pouco, um rio corria onde era trilha. A chuva cresceu e as grossas gotas se solidificaram. Um trovão rolou montanha abaixo. Choveu granizo.

Raios caíam em profusão. Podia-se ouvir o estalido de algumas árvores que partiam ao meio. Clarões passaram a ser tão freqüentes que imitavam grande estroboscópio.

O quadro era cada vez mais aterrador. Os guias gritavam palavras de ordem a todo instante. Era o instinto fazendo aflorar a intuição. Gritos mantinham todos alertas e alentados.

"Sigura na cabeça du arreiu!"

"Sorta as rédias, os animar sabi u caminhu mior qui oceis."

O frio aumentara muito com a chuva de granizo. O saco de estopa protegia apenas contra as batidas do gelo nos ombros e nas costas.

Um raio caiu alguns metros à frente, jogando enorme árvore sobre a passagem. Os animais se prostraram e em seguida desgovernaram. A perplexidade tomou conta de todos por alguns instantes. Os guias, peões experimentados, levaram minutos para reordenar a tropa. Os meninos reagiam como autômatos.

Ao retomar a caminhada, deram com o mais novo obstáculo ali jogado pela força elétrica da natureza. De longe, pareceu um palito de fósforo sendo partido ao meio. Tudo era difuso, a água tomava conta de todos os espaços. Chegando perto, podia-se compreender a proporção do ocorrido. A árvore era imensa, precisando de dois homens para abraçá-la. Uma enormidade partida e lançada ao chão num piscar de olhos. Não restava tempo para trégua. Todos apearam, contornaram pela mata puxando os animais que resfolegavam agitados, até retomar a trilha, os lugares nos assentos e reiniciar a claudicante caminhada.

Chegaram a uma vasta clareira e puderam avaliar mais amplamente o encrencado em que se meteram. Havia, naquele espaço, um grande número de pinheiros araucária, fustigados pela tormenta. Enormes galhos eram arrancados e lançados ao vento, bailando no ar como folhas. Entreolharam-se e, sem nada dizer, todos compreenderam o risco que corriam. Um dos galhos poderia vir em sua direção e não teriam como esquivar. Um galho passou sobre as cabeças. Alguns rezavam em voz alta. Os minutos pareceram horas até que a clareira terminou e voltaram a caminhar sob a mata.

Metros abaixo, encontraram um filhote de macaco caído na beira da estrada. Estava desfalecido. Posto num bornal, foi levado, agarrado por um dos meninos.

O pior passou depois de horas. Fina chuva fria permanecia inclemente. Estavam todos entanguidos. Os cavalos, agora, caminhavam soltos, pois sabiam o caminho de volta. Tudo o que um menino pensava, naquele momento, era num banho quente, uma roupa seca, uma sopa grossa e um leito macio. E foi o que encontrou, ao chegar à fazenda.

Como era dos menores, nada ficou por sua conta, a ralhação ficou para os mais velhos, enquanto ele se refestelava e olhava com a distância exata que não o afastasse do prato quente.

Enquanto sorvia o caldo saboroso, como nunca antes fora, olhava para a fumaça que subia ondulante e pensava no pobre macaquinho que não suportara o frio e chegou sem vida à Casa Grande. Dali para frente, não se lembrava de mais nada; talvez tenha dormido ali mesmo à mesa...

Loja de brinquedos

Os brinquedos nasciam dali mesmo, como nasciam o Sol e a Lua, os animais, a floresta e tudo o mais que o rodeava. Era fácil construir casas, cidades, estradas, pontes, carros, aviões, navios. Bastava um monte de terra, ou de areia, pedaços de madeira, laranjas, chuchus, pedras e felicidade de sobra.

Brincar com as pedras que falam e viram ora carro, ora casa e, outras, algum animal. Elas participavam das realizações e tinham um comportamento firme como rocha.

Num instante, um pequeno pedaço de quintal se transformava numa bela cidade. Um trem passava bem ali ao lado do pé, enquanto o avião, dependurado num galho de árvore, zunia perto da orelha. E a cidade improvisada movimentava-se em estática imperceptível.

A magia dominava todo o ritual na vasta empreitada de obter um pião. O menino se dedicava como escultor àquela tarefa.

Pedia ao Brazinho para ir com ele apanhar um bom cacho de brejaúva.

Escolhia, dentre os coquinhos, aquele que pudesse girar de jeito mais próximo ao de uma gota invertida.

Tirava dele a casca peluda que, colada, o envolvia.

Num dos três pequenos redemoinhos que têm na parte mais arredondada, buscava onde o prego varava fácil e se podia sugar a água doce.

Para retirar a carne, sem ter que romper o cerne, era a pura ciência popular. Colocava-se o coco furado dentro de um formigueiro, das formigas lava-pés (ou ruiva) e no dia seguinte o serviço estava feito de graça e completamente.

Então entregava a arte ao canivete, do fruto sem polpa e sem casca, dar a forma mais acertada de um pião.

Pronto o brinquedo, valia a destreza do jogador.

Nas rodas de demonstração, cada qual se punha a exibir o seu e demonstrar habilidades. Às vezes, um erro fatal lançava o pião nas canelas de alguém, que saía maldizendo o desastrado, com palavrões.

A gaveta onde se guardavam roupas era, na verdade, depósito de todo o tipo de quinquilharias disponíveis para as peças de muitos dos brinquedos e jogos ou "armas de caça". O processo de criação estava na disponibilidade ingênua das peças e na engenhosidade aventureira dos saltimbancos.

Uma lâmpada dentro de uma caixa de sapatos com um furo por onde passavam algumas figuras coloridas, dentro de um quarto escuro, era a sessão de cinema.

Simples carretel de linha, vazio, era rapidamente transformado em carrinho-de-corda. Um carretel vazio, um pedaço de vela, um elástico e um palito de fósforo.

Para se preparar pipa, colhia-se bambu, com que se faziam as varetas, um pedaço de linha que se surrupiava da máquina de costura da avó, cola feita de trigo, e os restos de papel celofane que sobravam das montagens de andor. O céu da pequena cidade era tomado de colorido especial.

Com um pneu de bicicleta e um pedaço de arame, dos mais duros e grossos, fazia-se uma toca-rodas, com o que se rodava pela cidade toda; um grupo de moleques correndo atrás daquela giração sem fim. Lançar uma roda entre as pernas de um cavalo que vinha no galope resultava numa atrapalhação divertida de ver. O cavaleiro, desavisado, ia blasfemando pela rua afora.

Fora a bola de capotão e as varas de pescar, qualquer folha de palmeira que caía, logo virava prancha de escorregar em morro gramado. As competições da molecada, sentada sobre folha de palmeira, eram espetáculo imperdível. Até adultos paravam para apreciar.

Um cabo de vassoura velha virava um belo cavalo. E tinha o marchador, o de trote, o de corrida e os de índios. A rua virava hipódromo.

A peteca nascia de palhas de milho, penas de galinha e barbante. Mas as bolas de gude tomavam conta de um mês de envolvimento coletivo da molecada. Até à noite podiam-se ver meninos correndo atrás de bolinhas sob a pouca luz dos postes. Todos iam e vinham com o bolso cheio de bolinhas. Era a forma de mostrar poder; estar com os bolsos cheios significava habilidade de vencer os outros.

Por vezes, o menino saía armado para "a luta". Vara de pescar, latinha de minhoca, arco e flecha, atiradeira no pescoço, bolso cheio de pedras, canivete, alçapão, bananas no bornal e certa ilusão de que o dia era do caçador...

Espuma branca

Amanheceu, mais pela glória de estar nele do que pelo alvorecer.

A cama quente e macia não era suficiente para prender o rebelde.

As paredes subiam altas encontrando o forro de taquaras. Alguns fios de luz, entrando pelas frestas da janela, davam ao quarto uma dimensão religiosa. A janela era quase uma porta de igreja com enorme ferrolho e que dava para o azul do firmamento.

Vinham de fora, junto com o pouco da luz da manhã, os ruídos todos dos movimentos no curral, no qual se montava a cena da ordenha; o cheiro doce do leite que estufava as enormes tetas e a fala mole e inconclusa dos caboclos: "Marusss; Jandaiii; Formozzz."

O menino pulou da cama e abriu o janelão com destreza incomum para as manhãs dele.

Tudo era tão maravilhosamente novo que o frio da manhã nem era obstáculo.

A neblina densa enriquecia no cenário o clima de rusticidade que ampliava a introspecção.

Vasto curral beirava a parede do casarão. Cercado de tábuas negras, pavimentado com enormes pedras não padronizadas e montes de estrume. Do outro lado, uma carreira de enormes árvores se postava como divisória entre o curral e o pasto, de onde as vacas vinham no ritmo de matronas, vagarosamente por uma entreaberta porteira, balançando orgulhosamente grandes úberes. Vinha daquele quadrilátero um cheiro misto de leite e bosta frescos, que ficou grudado na memória como nódoa.

Dali para frente, as coisas seguiam num clima de muita habilidade.

Os bezerros chamados pelo nome das mães, à conveniência dos retireiros, soltos do bezerreiro, vinham desorientados, batendo cabeça, buscando saciar a fome de ontem, levando esbarrões até encontrar suas mães. Dependuravam-se nas enormes tetas, apertando-as com a língua contra o céu da boca, ávidos como que já esperando por privação.

Os homens se valiam daquele contato entre mãe e filho para impor a ordenha. Obrigavam o bezerro a sugar um pouco cada teta, tomando-as de dentro de sua boca, uma por uma, até se certificar de que o úbere estava pronto para a ordenha.

Amarravam as crias em uma das patas dianteiras da vaca, para mantê-la distraída com o cheiro do bezerro, enquanto se punham a esguichar, com invulgar destreza, fios brancos de leite para dentro de um balde onde a espuma subia vigorosa até a borda. Uma das tetas era sempre deixada cheia para o bezerro.

Um banco de uma perna só, amarrado à cintura dos retireiros e que se mantinha dependurado à altura do traseiro, bem acomodado, permitia que se agachassem apoiados. Curioso ver os homens caminhando por entre o gado com aquele instrumento grudado à bunda.

De repente alguém gritava: "Amarra a Marusca qui é prás criança tomá leite. Vaca de bizerru véiu i preta tem u leiti mais incorpadu".

Todos, de copo na mão, se amontoavam em volta do retireiro que acabara de preparar a Marusca. Duas tetas, uma em cada mão, com poucas esguichadas Geraldo fazia um copo cheio e espumante. Cada qual tomava dois ou três copos e o café da manhã era ali mesmo pois todos levavam seu pão com manteiga e os apetrechos todos.

O leite resultante da ordenha do dia era guardado em latões de cinqüenta litros. Enrolavam-se folhas de taboa nas roscas das tampas e assim, terminada a ordenha, rapidamente dois camaradas tratavam de os prender aos cargueiros e lá iam para a cidade em busca do destino. O leite era a moeda corrente daquela gente. O valor do litro de leite era a âncora para o preço das coisas todas. Do cuidado estremado com o gado e sua alimentação dependia o resultado dos ganhos e da sobrevivência de todos. A atenção era constante contra os parasitas e a favor da saúde geral do gado, a alimentação diária, as pastagens e mesmo o modo como lidar com cada animal em qualquer atividade.

Ao lado do curral, havia um galpão coberto onde os homens se valiam da força gerada por enorme roda d'água, cujo eixo interligado por largas correias fazia funcionar máquinas, dentre elas a que picava o capim e a cana, que serviam de base para a ração que cada rês recebia depois da ordenha.

Enquanto as vacas comiam, o menino se punha embevecido, sorvendo o espetáculo que era, ao mesmo tempo instrumento de trabalho, e brinquedo. A água canalizada era solta por sobre os cochos da roda que girava mais rápida, quanto mais água lhe lançava e espirrando para todo lado formava arco-íris em vários lugares no espaço ao seu redor. Era uma fábrica de arco-íris, mensageira da imaginação.

As vacas saíam da manjedoura, lerdas de tanto comer e se acomodavam pelas sombras das árvores onde passavam horas a ruminar todo aquele farto almoço, em profundo silêncio.

Finda a atividade com o gado, cada qual seguia para seus afazeres e tarefas. Uns a roçar pasto, alguns a cuidar do cafezal e outros da roça de milho. Quanta coisa se fazia naquele pedaço de chão! Cansava só de ver a trabalheira.

Como era belo aquele mundo! Como as coisas se completavam! Frescor da manhã, calor da tarde, mata ao fundo, rio de pedras e água límpida, chuva que caía no final da tarde e trazia momentos de reflexão, admiração e certeza da roça regada. Todas aquelas pessoas cuidando hoje para continuar no dia seguinte e tudo tratado para buscar na manhã seguinte o balde coberto de espuma branca.

A viagem

A excitação o fez acordar naquela madrugada às três e meia.

Os outros meninos ainda dormiam. Era a sua glória. A casa estava parcialmente acesa e podia-se atribuir responsabilidade a cada ruído. Com certeza o que vinha do banheiro era do avô. O galo cumpria seu compromisso com a madrugada. Da cozinha vinham todas as suspeitas de que a mesa já estava posta e principalmente o fogão aceso.

Mas da estrebaria vinham as melhores certezas. As montarias sendo preparadas pelo Brazinho. Negrinho ágil e hábil apalpava no escuro todos os aviamentos e os dispunha em cada montaria com a convicção que exigia a viagem tão esperada por todos. Sempre sorrindo, executava os movimentos balbuciando frases curtas, buscando na memória todas as peças dispostas naquele ambiente de sombras oscilantes feitas, no escuro, por lamparina de querosene. Seu vulto se movimentava retirando arreios dos ganchos e as sombras, abandonando a lamparina, acompanhavam o caseiro em direção aos cavalos. Ficava uma única luz num seleiro vazio, com saudade das sombras partidas. Espaço de ganchos vazios, à espera do retorno da caravana um mês depois, para romper as teias de aranha e novamente ser ganchos úteis.

No terreiro, os cavalos se assanhando pressentiam a manobra. O Cigano, cão amigo, festejava com a cauda em todas as direções querendo abreviar os preparativos.

Ao passar pela cozinha, não se podia resistir àquele caloroso convite. O fogão em chamas, o bolo fumegante sobre a mesa posta com tantas brevidades e os meninos, debatendo a escolha de cavalos, enchiam matulas para o lanche da viagem. Tudo proporcionava ensinamento sob o céu estrelado na madrugada infinita para a mente do menino.

O avô deu o sinal da partida e todos tomaram seu dever por pronto e, em instantes, a caravana fez estrada. O Cigano ia e vinha à frente e atrás, traduzindo toda a excitação daquele momento único.

Uma leve bruma, reforçada pela respiração dos animais fogosos, refrescava a manhã de primavera. Os pássaros festejavam com especial alarido. Orgulhosamente passavam por alguém que vinha à janela. Cargueiros seguiam na frente com os víveres para os dias que viriam. Os meninos seguiam comportados nos primeiros passos. A caravana virou a primeira curva da estrada. Clareava.

A madrugada ficou com a cidade e os meninos foram abrindo as portas da brilhante manhã a caminho do Sertão.

Atentos a tudo, iam o Brazinho e o Aurélio. Vigiando os cargueiros e as barrigueiras das montarias, cuidando que todos estivessem seguros.

A impaciência lá levava os meninos correndo à frente, não obstante as recomendações do avô. Cigano, a cada córrego que atravessavam, enfiava-se dentro d'água, saía, dava uma boa sacudida no pêlo e seguia acompanhando os moleques.

Entre risadas e histórias espantosas e esquecendo do mundo que ficava para trás, faziam estrada até chegar à Pedra Grande. Ali todos passavam reverentes às lembranças das histórias da enorme cobra que habitava sob aquela pedra e que "...engolia um boi inteiro numa bocada só...". Para além da Pedra Grande, era a magia de um mundo que lá ficou, era um grande rio, eram as Torquata, era uma várzea e era a Casa Grande aonde chegavam. Escada de pedras, grandes janelas, assoalho de tábuas largas, curral ao lado, felicidade para todos os cantos. Era lá que a viagem se encerrava. É para lá que o menino às vezes volta em... *Mantos de agrião!*

Tempos depois
Voltei àquele endereço
Muitas mortes
Separavam-me do passado
O abandono desfigurou lembranças
Mortificou
O mato abafou o viço de outrora
Memória não encontrou espaço
Onde projetar saudades
Caminhei entre escombros dos vaidosos
O casarão restava
Heroicamente testemunho
Das montarias
Alarido de crianças
Cheiro morno de leite no curral

Balaios cheios e
Brilho nos olhos alegres das criadas
Vinham fragmentos
Impossível conter lágrimas
Ninguém surgiu à porta
Nem de dentro veio o cheiro quente
Da lenha com o do café
Vieram pulgas
Não olhei para trás
Para não petrificar o coração
Caminhei até o riacho
Mesmas águas claras
Cobertas por trêmulos mantos de agrião.

Negro pó de café

Era um honroso mistério revisitar Dita Teodoro, a torradeira de café da cidade, na sombria casa da Rua da Palha.

Antigamente, os homens que moravam nas poucas casas que ali havia, vinham com suas tropas trazer a colheita das roças de milho e café, e expô-las aos compradores. Para demonstrar a qualidade dos produtos, cumpriam as tarefas de descascar e debulhar, deixando as palhas espalhadas por toda a Rua da Palha.

Ao chegar à casa, já se podia sentir o bom cheiro do café. A casa era de estilo colonial com amplas portas e janelas, ao rés da rua. Mulher negra, que não conhecia a própria idade, humildade constrangedora, fala mansa, trôpega e grossa como de homem, veio nos abrir a porta.

Dita Teodoro era a mais eloqüente representante do que restou da escravidão. Sua identidade advinha de ter sido propriedade de outrem. Em criança, fora escrava de um tal Coronel Teodoro, e Benedita, vulgar Dita, o prenome da maioria das negrinhas nascidas naquelas redondezas. Dita do Coronel Teodoro.

De sua mãe ela soube que era escrava na fazenda de

outro Coronel. Sua gente não pode ser filho ou mãe, nem esposa nem marido, nem tio, nem avó. Eram escravos. Dita falava daquelas coisas sem deixar rolar uma só lágrima. Não lhe fora dada a oportunidade de conhecer o choro protagonizado pelas relações afetivas que não tivera. Ao contar sua vida, os olhos ficavam parados no meio da face marcada por tempos em que as únicas referências que tinha eram as vontades dos seus senhores. A casa ficou para ela como herança informal. Os antigos proprietários foram morrendo sem deixar herdeiros e Dita foi ficando em volta do fogão a lenha, até se dar conta de que era a única sobrevivente. Ela era ente sem elo, o passado uma sombra para ela mesma, identificada com a servidão. Escrava inercial, sua principal herança foi o espaço que ocupava entre a cama de paus e o fogão. Foi o que lhe restou para sobreviver sem esmolar, torrando café para famílias do local. Aliás, coisa que ela fazia com esmerada veneração. Maior até que as rezas. Sim, porque Dita saía de casa para missas e procissões. "Aaaaave, aaaave, aaaave Mari..." Empunhava o rosário e puxava o coro da ladainha.

Os filhos do Coronel morreram de estranha febre. Teodoro morreu chifrado por touro. A mulher prostrou-se e terminou os dias sentada num canto da casa, de onde não se levantava mesmo para as necessidades fisiológicas. Dita cuidou como filha. Vestiu luto com a morte da ama e dele nunca se separou. Talvez a forma que encontrou para referendar sua existência, imolando o que restou de si em memória dos algozes. Alforriou-se no traje da morte. Liberta por casualidade trágica, agarrou-se a outro cativeiro, como o trapezista que, ao largar de um trapézio, segura outro...

Em tudo, havia ali o perfume do tempo. Sua cozinha tinha exatamente a cor do produto que manipulava. A Dita negra de luto movendo-se por aquele ambiente cor de chocolate. Todas as paredes e utensílios tomaram o tom marrom escuro do café torrado. Até mesmo a velha cortina que separava a cozinha do quarto, era bandeira marrom, quase negra, estandarte hasteado à glória de seu triunfo sobre o tempo, brasão outorgado por imponderável abnegação. Seu ambiente sugeria algo como própolis a proteger o casulo de sua existência, sombra a resumir o que fora sua vida.

Enquanto nos servíamos do café oferecido, observávamos a manipulação de um gambá que a anciã preparava para a canja dos homens que jogavam cartas nos fundos da venda mais próxima. Era exímia naquela tarefa. Aprendera nos tempos de cativeiro. Gambás e ratos que apareciam no forro da Senzala pela madrugada, viravam assados para a ceia de indigentes. Dita sabia como ninguém transformar aquele asqueroso animal em suculenta iguaria. Ela sabia extrair as glândulas que o tornavam fedorento.

Torrava e moía o café no ponto certo. Daí sua fama. Os mais exigentes preferiam seu produto ao da venda. Levavam até ela os grãos secos e descascados e buscavam o negro pó de café da Dita Teodoro. Do humilde ambiente forjado na abnegação e na doação para as mesas mais refinadas da aristocracia local. Alforria conquistada na clausura.

A procissão e a serpente de fogo

Cada qual com sua serenidade, marchando a esperança da salvação. Todos os mundos, todas as histórias, todas as vidas de pecados e espantos, com seus medos e ignorância, caminhando juntos para entender a fronteira desconhecida entre a vida e a morte.

A Inhá Rosa, a Dita Teodoro, o Luiz da Mimi, o Pedro Pelote, o Bastião Santo, a Inhá Chica do Bem, o Roque Doutor, o Baratão, a Deolinda com a filha inseparável, o Brazinho Manco, o João do Leontino, todas as mães e as avós e alguns pais de todos os meninos do lugar.

Seguiam adorando as imagens adornadas sobre andores enfeitados, um de cada casa dos mais abastados do vilarejo. Pura disputa de adereços. As famílias mais ricas do lugar eram escolhidas pelo Padre Antônio, para se responsabilizarem cada uma por um santo. E a disputa se dava no quesito riqueza do andor. Depois da procissão e no dia seguinte, os comentários de esquina e as conversas entre comadres, elegiam o melhor. Padre Antônio fingia que não era com ele.

Inhá Mariquinha puxava o terço, enquanto as mulheres acompanhavam e cantavam estridentes e alongados versos sacros e os homens reforçavam o amém: "Aaaaaaameeem!". A meninada conseguia acompanhar até o primeiro terço, quase inteiro. Depois saía sorrateiramente, um após outro, mas não sem antes deixar algumas marcas de pererê naquela serpente humana. Puxavam os laços dos vestidos das meninas e moças, arrancavam pedaços dos andores e derramavam pingos de vela no vestido das velhas. Saíam acompanhando a procissão ao seu modo. Atravessavam de um lado para outro, cruzando as filas; cortavam caminho tomando ruas vazias e encontrando os fiéis de frente; corriam para frente e para trás, até que terminavam num esconde-esconde que ocupava a cidade toda, onde tudo e todos os espaços valiam, o alto dos morros, o cemitério e os quintais das casas.

Quando a procissão saía à noite, cada fiel levava sua vela acesa, em devoção ao Divino. Os moleques subiam o Morro da Capelinha para apreciar a serpente de fogo a contornar as esquinas da cidade. Naquele mister, os meninos eram os que mais se aproximavam da adoração...

A procissão seguia seu rumo, como as pessoas seguiam seu destino. Seguiam sem muita convicção dos próprios atos, entregando a sorte e a responsabilidade a Deus. Cada qual uma parte da serpente de fogo e fé; fogo da vida, fé ante a morte, fogo da esperança e da ignorância transformada em religião; fé em deuses que os homens criam. Iam homens e mulheres, crianças e velhos, amigos e inimigos fingindo esquecer as diferenças.

Assim podiam voltar mais leves para casa, com o sentimento de liberdade vigiada pelo Padre Antônio. No dia seguinte, com o passar das horas, a culpa ia gradativamente voltando. Era preciso organizar logo o fogo de nova procissão.

As Torquata

Um dia o menino, aborrecido com a prepotência dos primos, resolveu sair sozinho. Depois do café da manhã, escorregou pela porta da cozinha, atravessou o curral e seguiu em direção à cabeceira do magnífico rio Sertão. Seu plano estava definido. Era seu batismo de moleque. Era rio de uns três metros de largura muito pedregoso, ligeiramente encachoeirado e de águas muito claras, quando não chovia.

Pelo caminho, encontrou deliciosos morangos silvestres, que consumiu com infinito prazer.

Ao chegar ao local imaginado, assumiu posição no meio do rio e se pôs a escorregar com a barriga pela corredeira, como um bote. Aquela aventura ele já havia experimentado com os outros meninos. Desta vez escolheu ir só, para provar valentia.

Havia coisas que lhe davam a impressão de existir somente para ele. Era como se uma porta se abrisse somente para seus olhos. Chegou mesmo a pensar que o mundo só existia, só havia movimento, quando ele estava presente. Na sua ausência, as coisas paravam. Passou a reservar para si coisas que se contasse passaria por idiota. Como o que sucedeu, por exemplo, na descida pelo rio, naquela brilhante manhã de dezembro.

Indescritível o prazer experimentado na jornada. Ele se sentia em um barquinho de papel a deslizar ligeiro, levado pelas águas do Sertão. As duas mãos à frente como escudos, esfregava o peito e a barriga nas pedras em que batia. Nenhuma dor o detinha. Estava vencendo a si mesmo e seus medos em sua aventura solitária.

Fazia parte da água trêmula e brilhante, escorria por entre as pedras. Chegou ao Poço Grande, deixou-se flutuar suavemente levado pelo remanso como afogado, até parar na areia fina e branca. Fez a areia escorrer-lhe pelos vãos dos dedos dos pés. Subiu o ingazeiro à beira do poço, comeu dezenas de favos, dependurou-se no cipó e, balançando, deixou-se esparramar no poço fundo. Abandonou o corpo e deixou que a água o conduzisse. Novamente estava na correnteza, deslizando e não parou onde costumeiramente os meninos paravam. Resolveu ir além. Tinha que ser mais audacioso que os outros. Desceu dois quilômetros mais, até a altura da casa das Torquata.

Era uma velha viúva que morava com duas filhas numa enorme casa ainda mais velha, entre o rio e a estrada que deixa as terras da fazenda e segue serra abaixo. Levavam vida sinistra. Não saíam de casa, não recebiam visitas e nem tinham amigos.

Quem subia ou descia a Serra avistava, vez por outra, as duas raparigas no terreiro a catar piolhos, uma da outra. Parecia ser o único divertimento das garotas.

Naquele dia, ao sair da água, já disposto a tomar o caminho de volta para casa, entendendo que sua aventura havia superado sua expectativa, o menino deu com um quadro bizarro. Ouviu uns gemidos que vinham da direção para onde o rio corria. Apurou os ouvidos e distinguiu os sons mais nitidamente. Seu coração disparou. Caminhou instintivamente naquela direção, atraído pelo imã da curiosidade. O sol estava já bem alto e o calor forte. Por entre a folhagem, conforme caminhava, pé ante pé, foi se descortinando uma cena que o deixou perplexo. A moça mais velha das Torquata estava nua e se esfregava freneticamente a uma pedra que certamente estava aquecida pelo sol. Deu dois ou três passos mais para se livrar da folhagem, buscando um ângulo mais favorável de observação, alheio a tudo o mais, aturdido, quando subitamente pressentiu um perigo iminente. Ouviu o guiso de uma cascavel, viu de relance que se preparava para o bote, mas não lhe deu tempo, saltou para o lado oposto, provocando enorme alarido que desfez completamente a cena libertina. A moça arrancada do espasmo, desapareceu num súbito.

O silêncio se fez profundo. O coração galopava surdo no peito. Sobressaltado e pálido o menino permaneceu como animal entocado, um bom tempo. A cobra havia igualmente sumido.

A moça não fez tempo de saber o que havia acontecido e certamente nunca pôde saber se fora gente, animal ou galho de árvore que caiu.

Depois de algum tempo, recobrada a curiosidade, o menino aproximou-se da pedra para examinar as "marcas". O cheiro deixado quebrou o encanto da visão que aquele jovem corpo, movendo-se ardentemente, provocara.

O menino tomou a estrada e pôs-se a correr e correr cada vez com mais força. Queria ganhar mais e mais velocidade e livrar-se quanto antes daquela sensação.

Gostava de imaginar que quando corria, na verdade empurrava o mundo e o punha a rodar sob seus pés, como havia visto um malabarista com uma bola num daqueles circos que passam pela cidade. Gostava de sentir o vento soprar em razão de sua corrida. E, como quando corria, e quanto mais corria, mais o vento se avolumava, podia pensar que era o fazedor do vento.

Assim era o mundo daquelas mulheres, de que ninguém nem mesmo sabia os nomes, a não ser que eram as Torquata. Não se sabia o que elas comiam ou mesmo se cozinhavam, pois nunca se viu fumaça naquela chaminé. Dizem que comiam folhas de árvores, raízes e animais crus como cobras, sapos e cachorros. Diziam ainda que não falavam, pois ninguém ouviu uma voz por aquelas bandas. Ninguém nunca ousou se aproximar daquela casa por qualquer razão que fosse. Talvez por receio do que encontrar ou por medo de feitiço.

O único que ousou se aproximar mais e chegar-se à casa foi o Aparecido, um negrinho surgido na fazenda e que, depois de ouvir tantas histórias, ficou ardendo de curiosidade e começou a rondar a ver se achava uma chance.

Um dia ao vê-las sair juntas, as três em direção à bica, Aparecido se esgueirou furtivamente e, sem dar tempo ao azar, meteu a cabeça para dentro da janela. Arregalou dois olhos medonhos e sumiu no mato...

Dizem que ficou três dias desaparecido. Contava ele que tomou vários banhos no rio, esfregou-se com folha de erva cidreira umas dez vezes tentando apagar a imagem e o cheiro do que vira. Porém, o que viu, jamais contou. Lutou durante anos com sua mente para apagar aquele momento.

Com tais lembranças, o menino chegou à Casa Grande, passando pelo terreiro coberto de café exposto ao sol. Aparecido, com um rodo de pau, revirava os grãos. Olharam-se com alegria. "Aonde ocê foi", quis saber Aparecido. "Na casa das Torquata". Aparecido, boquiaberto, caiu de joelhos sobre os grãos de café...

Saci no cafezal

"A manhã estava linda naquele ensolarado outono — começou Don'Ana.

Borboletas brincavam, borrando de cores o verde cafezal.

Os homens correndo as mãos nos galhos arcados de vermelhos grãos, deixavam-nos cair num saco amarrado à cintura.

As mulheres peneiravam, separando folhas e gravetos, lançavam os grãos sobre a caçamba no carro de boi.

Elas cantavam uma suave canção de amor, embaladas pelo balanço da peneira ("Oi tava na peneira, oi tava peneirando, oi tava no namoro, oi tava namorando...").

Um carro-de-boi ia, enquanto outro vinha do terreiro da Casa Grande, onde montes de café se enfileiravam para a secagem.

Olhares entre homens e mulheres escapavam por vezes dos grãos, transbordando de suor a imaginação.

Um grito estridente paralisou a todos. Os olhos vagaram como pela paisagem, quando alguém balbuciou: 'Foi o saci-pererê, eu vi o vurto dele prali'. Alguém apontou na direção do avistamento. Alguns, ao ouvir aquela referência ao pererê correram para casa, sem demora. O que seria afinal?

O vulto disparou por entre a folhagem baixa ao peso dos grãos e parou novamente. Podia-se ouvir a respiração dos homens que caminhavam espreitando cuidadosamente, cada um por uma rua entre as leiras.

Os homens e mulheres já contavam com encontrar o 'capetinha d'uma perna só', touca vermelha, cachimbo de barro nos beiços grandes e orelhas pontiagudas. O invulgar é que ele ainda não havia entoado sua risadinha matreira. O endiabrado deveria estar preparando uma das suas. Mas a curiosidade os empurrava em direção ao perigo. Era momento de confronto com o próprio medo, pô-lo à prova. O suor lhes escorria. A excitação crescia com a expectativa.

Lembrar as estripulias do negrinho dava arrepios e calafrios. Quantas ferramentas sumiram ou apareceram quebradas? As linhas embaraçadas nas sacolas de costura? Inflamações em umbigo de criança nova? Leite azedar antes de chegar à Usina? Alvoroço no terreiro, em madrugadas de chuva, fazendo a cachorrada latir e correr para um lado e outro desgovernada? A fervura derramar sobre a chapa quente e a galinhada alvoroçar no puleiro? Tudo reinações do capetinha...

Alguém tropeçou e caiu sobre um tronco. Foi uma correria danada. Era o começo das trapalhadas do diabinho fuzarqueiro. Naquele dado instante, o canto perdido de uma seriema passou a ser a risadinha que faltava. O suor corria como bica, os olhos esbugalhavam para cada canto. A respiração ora vinha, ora não...

Novamente um vulto correu entre a folhagem. Alguém viu e gritou: 'É u negrinhu, eu vi ali nu cantu da cerrrca.'

Os mais valentes correram com a peneira na mão, que era o instrumento de prender Saci. Deram com a coisa e jogaram-se sobre ela."

Os olhos de Aparecido brilhavam e faiscavam de curiosidade, como se ouvisse aquela história pela primeira vez e como se não tivesse nada a ver com o assunto. Don'Ana parou para dar uma baforada no cachimbo. Sabia que o momento era de pausa para atiçar a curiosidade, esperando o protesto, que logo veio de todos. Retomou.

"Ouviu-se um grito seguido de choradeira infernal de criança desamparada. Mané Joaquim levantou com um negrinho nos braços.

Logo estava formada uma roda de gente em volta daquela aparição. Mesmo os que fugiram estavam já de volta. Todos, desapontados, se perguntavam ao mesmo tempo: 'Quem será? Di ondi veiu? Fio di quem siria?' Não havia resposta para nenhuma das indagações. Ninguém tinha jamais visto aquela criança de pouco mais de dois anos de idade. Passaram-se dias sem que qualquer notícia pudesse esclarecer o assunto. Um dos filhos do Tibúrcio afirmou ter visto uma família de andantes passar pela estrada no domingo anterior à aparição da criança. Mas foi quase uma semana antes. O menino de dois anos teria passado cinco dias e noites sozinho no mato? E depois, a estrada de rodagem ficava a mais de uma légua da fazenda!

O menino nunca soube dizer nada sobre si. Ficou como bicho acuado por meses.

Mané Joaquim, por direito de posse, já que foi quem primeiro lhe pôs as mãos, levou-o até o Meritíssimo e registrou-o em seu nome. Como não sabiam o nome, registraram-no Aparecido, que é este capetinha que está aí." E apontou para o lado de Aparecido que já dava enorme gargalhada num dos cantos da cozinha.

Ele adorava ser comparado ao Saci, pois era o modo de se fazer importante, de se fazer governante das travessuras, de estar acima do medo que os outros têm e do qual ele se libertou por direito de origem.

Um sonho

Certa manhã, o sol ainda não havia apontado e no curral as vacas, os bezerros e os camaradas se misturavam ao cheiro do leite e do esterco recém-produzido. O menino encavalado no alto da cerca de tábuas, observava e não ouvia. Um touro cumpria seu compromisso de sultão daquele harém cobrindo uma das vacas, numa pura cena de sexo animal explícito. Não havia pudor, nem escândalo, nem exibição. Era o encontro de corpos mamíferos procriando.

Tranqüilidade maior só não era possível, pela inquietação que o ambiente impunha à alma.

Pulou da cerca atrás de um grilo e depois atrás de uma borboleta, viu-se caminhando pelas alamedas do cafezal em direção à Mata do Panelão. Os primeiros raios de sol misturando-se com um resto de neblina formavam riscos de luz e sombras, trazendo brilho às cores que só a luz da manhã é capaz de revelar. Envolvido pela aura de cores e luzes, caminhava extasiado, imantado, entre folhas verdes, frutos vermelhos, borboletas amarelas, azuis e brancas. Terminou o cafezal, passou ao campo coberto por uma infinidade de pequeninas flores roxas, vermelhas, amarelas e brancas e os morangos silvestres. Árvores com folhas repletas de orvalho que caíam como gotas de cristal a explodir na relva, produzindo uma sinfonia de colisões, imitando chuva. Súbito estacou. Surgiu em sua frente, bem ali quase ao alcance das mãos, um belíssimo arco-íris. Se caminhava um pouco mais em sua direção, desaparecia. Afastava-se e ressurgia. Afastava-se um pouco mais e desaparecia novamente. Havia um ponto ótimo. Algum pintor invisível com pincel mágico brincava com aqueles olhos de criança. Ficou por minutos se divertindo com as cores, até que foram esmaecendo e desapareceram por completo. As cores ficaram consigo para sempre.

Um ruído tirou-o do deslumbramento. Era Aparecido que vinha em seu encalço. Fora com certeza a razão do desaparecimento do pintor invisível. Mais uma confirmação de suas suspeitas. Havia coisas que eram somente para seus olhos. Ou será que havia um arco-íris para cada olhar?

"Mandaru eu vim atrais docê."

"Diga que estou colhendo alguns morangos e já vou."

Aparecido, obediente que era, virou-se imediatamente e foi dar notícias da missão de que fora encarregado. E o menino saudou a liberdade reconquistada. Caminhou para dentro da Mata do Panelão.

Todo o vale do Rio Sertão, repleto de araucárias, várzeas floridas, ar deliciosamente fresco, distinguia-se amparado ao fundo por bela mata original, intocada, amparo das nascentes, abrigo silvestre. A impressão que dava era a de que, ao cair da tarde, todos os bichos corriam para lá. Pela manhã, logo ao raiar do sol, vinha de lá o ruído conivente de todas as vozes de aves e bichos. Era como se o mundo acabasse de ser criado. Toda a vida resplandecia fulgurantemente. Renovava-se cada manhã o ímpeto de invadi-la, provocar seus mistérios, sentir o hálito de sua garganta. Sentia-se o menino pronto para fazê-lo. Misto de medo, emoção, curiosidade, aventura. Um saboroso tremor de fantasia, luminosidade para olhos infantis, experimentado em sonhos de ingenuidade, desfilaram no mundo real...

A chuva de cristais de orvalho se intensificou. Deparou-se com um bando de pequenos pássaros coloridos, que piavam freneticamente, pulando de galho em galho com rapidez e abundância; eram de incontáveis cores e catavam pequenas frutas. Ele ficou de tal ordem embevecido que não poderia dizer quantas e nem quais as cores daqueles pequeninos. Ouviu um alarido forte. Gritos selvagens. "Uhuhahaha!" Com um misto de medo e curiosidade caminhou naquela direção. Sentiu um quê de frio. Caminhou mais rápido. Deu com a coisa... Por segundos, o silêncio. Ele também tinha sido visto. Olhos cruzaram olhos. A algazarra recomeçou com intensidade ainda maior. Macacos gritavam e pulavam e balançavam-se nos ramos de uma touceira de taquaras. Faziam questão de mostrar suas habilidades ao solitário espectador. Técnica da persuasão e defesa. Não se podia fixar os olhos em um indivíduo, tal a rapidez dos movimentos. Mas eles estavam lá, enormes, acrobatas. Num súbito desapareceram na floresta sem deixar vestígios, como que tragados pela imensa massa de folhagem movediça. Silêncio...

A luminosidade cresceu na mata, mostrou formas que estavam escondidas. Não havia nada repetido como repetidas eram as figurinhas daquele álbum que nunca completara. Folhas, galhos, troncos, frutos, cada qual era um. E aquele álbum vivo estava completo, não havia espaço não permitia repetição, nem eternidade e nem vazio. Até a morte era cheia de vida. Os cadáveres em putrefação eram repletos de vermes. Ele resolvera essa curiosidade exumando um cachorro que, havia uma semana, fora enterrado. O cheiro era insuportável e o animal saiu da cova aos pedaços, completamente tomado por milhares de bichinhos brancos. Foi difícil esquecer aquele cheiro. Ficou-lhe como remorso. Um remorso de si mesmo, com cheiro de violação.

Estava ali o menino entre dois mundos num mundo só. O belo e o podre, sem que pudesse entender completamente a constante mutação. Resolveu então que colher morangos e voltar para casa lhe daria a segurança que se perde quando se aventura na solidão. E lá foi ele aos morangos do Panelão, um sonho inesquecível.

A corda

Oscar Pimenta passava pelo portão e caminhava contornando os canteiros do jardim, trazendo seu vulto magro dentro de um terno preto surrado. Ao chegar à escada da varanda, sacava seu chapéu-coco de feltro preto e pedia licença mais por valer-se do hábito que para realmente esperar ser atendido. Era gente de casa e dava mostra de saber ser, sendo sempre encontrado já sentado à cadeira de balanço na varanda de entrada.

Nas várias vezes em que vinha, chegava invariavelmente por volta das onze horas, beirando o almoço. Fazia-se de rogado ao oferecer certa resistência para sentar à mesa. Acabava por ceder, cumprindo um ritual estudado. Sentava-se e comia "como padre em dia de festa".

Enquanto comia, mantinha um colóquio pouco animado com o avô dono da casa. Seus assuntos giravam quase sempre em torno das mazelas de sua vida familiar e de suas sabe-se lá que questões financeiras.

Morava atrás do Morro dos Guedes, saindo da estrada de rodagem e subindo uns cem metros em direção à Serra da Bocaina, de que se tinha uma vista encantadora. A

Bocaina dali se via com um azul quase esverdeado. Podia-se distinguir suas ondulações, o caminho de subida e, com nitidez, a Pedra Lascada, enorme formação rochosa de quem fora tirada uma lasca como calota, por um raio, em tempos desconhecidos. Sabia-se por todas as evidências ali deixadas.

Da porta da cozinha, Oscar Pimenta, enquanto dava algumas baforadas em seu cigarro de palha, conferia as roças, o gado e o pomar, que ficavam entre a casa e o esplendor da Bocaina. Esplendor que ele jamais soubera apreciar detidamente. Toda a conferência era feita dali mesmo. A impressão que se tinha era de que o homem se deitava e levantava com aquele terno, sem tirá-lo sequer para o banho. Era do tipo de quem se diz "não levantava uma palha". Olhava, olhava, virava-se e saía para a cidade. Guardava uma distância exata entre as necessidades da casa e a preguiça. Buscava sempre fazer uma visita de almoço a cada amigo. E olha que não eram poucos!

Deixava em casa a mulher, duas filhas e a saudade de um único filho que morrera de caxumba, havia alguns anos. Quando deram pela coisa, o rapaz foi levado para a Santa Casa da cidade vizinha, mas morreu ao dar entrada. Oscar Pimenta trazia aquela dor como frustração e culpa. Visitava o cemitério todos os dias, chegava até o portão, tirava o chapéu, caminhava circunspecto até o túmulo do filho e ali se postava ereto, como a se desculpar pela negligência que entendia ter cometido em não o ter atendido prontamente.

A mulher era tosca, baixa, pano encardido sempre amarrado na cabeça, roliça de corpo, nenhum encanto. As filhas, algo de beleza que a juventude raramente nega às raparigas. Tinham lá seus visgos. As duas quase iguais, apesar da diferença de dois anos uma da outra. Mesmas roupas de chita longas até o tornozelo, cabelo em tranças e ingenuidade incomensuravelmente triste. Ao anoitecer, jogavam-se na cama e, aos quinze e dezessete anos, agarrava cada qual sua chupeta e dormiam o sono dos bebês.

Sorviam do mundo o que o mundo lhes dava ao redor de si mesmas. O interior da casa, os afazeres da cozinha, as costuras, o brilho do sol e o medo da noite, sempre povoada de assombrações e almas penadas. O único lazer eram as missas na igreja da cidade, nos domingos pela manhã. Caminhavam, agarrada uma à outra, atrás da mãe que ia atrás do pai, que, solene, demonstrava seu patriarcal comando num cortejo de castas. Todas as famílias se encontravam no Largo da Igreja com o mesmo cerimonial dominical. Os que vinham mais de longe traziam os sapatos à mão, que eram calçados na iminência da Praça. Ficavam os homens reunidos em grupos e as mulheres apartadas, esperando a badalada da missa. As mulheres se adiantavam e os homens, chapéu na mão, rodeavam a igreja meio para dentro, meio para fora. Ao final da missa, o retorno para casa se dava com mais descontração e acresciam algumas oportunidades de visitas. Oscar valia-se para oferecer um almoço à família na casa de algum amigo.

Como todo enclausurado, as moças também tinham segredos e planos de fuga. Da janela do quarto, que dava para a curva da estrada, embalavam sonhos. Sonhos que vinham e partiam com cada cavaleiro, cada carroça, cada caminhão ou ônibus que passava. O que mais as excitava era o barulho do motor do ônibus que identificavam de longe. O ruído metálico vinha crescendo com a excitação, passava quase por dentro de seus corpos, deixando a poeira e o resto do ruído que se perdia no espaço, como orgasmo desconhecido.

De onde vinham, para onde iam?

Vinham do desconhecido e iam para o desconhecido. O mistério as conduzia a fantasias pecaminosas. Ficavam entre o prazer e a culpa. Até que se lembravam da imagem de Nossa Senhora Aparecida que as olhava da parede do quarto com ar de repreensão. Amofinavam-se novamente em seu mundo...

Um dia o ônibus parou antes da ponte. Desceu um homem maduro. Caminhou em direção à casa dos Pimenta. As moças fecharam a janela e apuraram os ouvidos para os lados da sala de visitas. O homem foi recebido por Oscar Pimenta como alguém familiar. Três meses depois, Rosalina, a mais velha, caminhava para o altar, levada pelo pai. Ia como fora para o batismo, para a crisma, para a primeira comunhão ou para as missas de domingo. Levada a se desfazer de pecados que não cometera. À noite, aquele homem caiu sobre ela, rompeu-a, limpou-se no vestido de noiva e dormiu. Ritinha ouviu o choro do quarto ao lado e pensou se o ônibus não fora o mensageiro da dor.

Um mês depois, Ritinha também foi abusada pelo mesmo homem, seu cunhado, que caiu no mundo pela madrugada, deixando o sangue dos Pimenta a envergonhar aquela casa.

Oscar Pimenta amanheceu no curral, coisa que raramente se via. Acompanhou a ordenha. Até ajudou a desamarrar um dos bezerros. Seguiu para a plantação com a corda que tirou do pescoço do bezerro. Sentiu a textura do instrumento. Experimentou a resistência da juta. A corda seria sua redenção, sua remição eterna e definitiva. Havia falhado com Julinho, com Rosalina e com Ritinha. Houvera dado a eles um mundo falso, ingênuo e mentiroso. Estava resolvido a livrar-se de si mesmo, a interromper a comunicação entre o cérebro e o corpo, já que um não era merecedor do outro. Era na verdade um projeto mal acabado de gente. Era preciso pôr fim àquela farsa.

Esperou a tarde cair para valer-se das sombras e melhor executar seu intento. Foi até a mangueira grande no meio do milharal. Escolheu o galho mais robusto e com a melhor inclinação. Valeu-se de um velho balde de leite furado que ele mesmo deixara ali para colher mangas. Certificou-se de que o laço estava firme, ajustou-o ao pescoço e rezou seu último Pai Nosso. Balançou o corpo para trás, chutou o balde para longe para evitar a tentação de se apoiar novamente, quando o desespero da morte tomasse conta de sua razão e soltou o corpo para a morte. Sentiu a corda a lhe escorregar na pele, obstruir-lhe a respiração e romper-lhe a medula. Pensou por derradeiro nos filhos que não soubera fazer felizes. Estava tudo consumado. "Pai, em tuas mãos entrego minha alma, se puderes recebê-la."

Na noite daquele dia, estava o menino a ouvir causo na Venda do Quincas, quando chegou a notícia devastadora. O assunto tomou conta de todas as conversas. Um policial veio até a porta da venda pedir ajuda para a remoção do corpo. O dono da venda olhou com um sorriso ligeiramente cínico em todas as direções, salvo que estava pelo dever do ofício. Dois voluntários se apresentaram, muito mais por curiosidade e exibicionismo.

A noite foi curta para se falar sobre a desgraça de Oscar Pimenta. Na morte sua vida foi completamente devassada. Uma tragédia daquelas equivalia à remição dos dramas menores de cada pessoa. Cada qual se sentia protegido em sua redoma. Estavam todos salvos, redimidos, pelo menos por enquanto, até que uma nova tragédia trouxesse um novo salvador.

    O menino ouviu tudo. Captou todos os detalhes e sabia exatamente onde era a mangueira que Oscar Pimenta escolhera para desfechar seu drama. E foi exatamente o que fez. Saiu sorrateiramente, fez-se por uma trilha que só os moleques conheciam e chegou ao local antes dos homens. Com o coração aos sobressaltos, estudou a melhor posição para testemunhar a operação. À aproximação dos homens, estancou a respiração. O facho da lanterna revelou um corpo engalhado entre as sombras. A luz caminhou até o rosto para testemunhar a fisionomia. Nela estava traduzido todo o amargor que o Sr. Pimenta deixou para trás. Semblante desesperado. O policial deu voz de comando antes que o frio da noite aplacasse a valentia dos homens. Um dos voluntários subiu para soltar a corda enquanto seu parceiro agarrou o defunto pelas pernas, na intenção de que viesse a cair-lhe sobre os ombros. Quando o corpo finalmente desceu e o ventre curvou-se sobre o ombro do robusto voluntário, soltou o ar que lhe ficara estrangulado, o que produziu um gemido aterrador na circunstância. O segundo voluntário jogou o defunto no chão e disparou aos gritos. Todos tiveram o mesmo impulso.

    Só que o menino não mais voltou. Parou na porta da cozinha da casa do avô. Os que estavam à mesa do café da noite olharam-no com desconfiança de alguma nova travessura, mas não lhes ocorreu ligar a coisa com a morte de Oscar Pimenta. Foi o que o salvou.

    Antes de ir se deitar viu, de soslaio, uma corda dependurada ao lado do fogão a lenha...

Cashindê pindoruama

A velha Don'Ana, contadora de causo das mais requintadas das rodas do fogão a lenha da cozinha do Sertão, não cansava de repetir e as crianças não se cansavam de pedir bis, a estória do velho Feiticeiro, filho de índio, que morou no Asilo da cidade. Ela se aprumava, fazia-se elegante, limpava a garganta com um gole de cachaça e sapecava a prosa. Tinha um estilo impecável. Contava:

"O velho morava no Asilo da Rua da Palha, como tantas outras excêntricas ou velhas figuras do lugarejo. Era mameluco, quase alto, muito mais pela elegância mística de que era dotado, que pela estatura propriamente. Ainda mais pela popularidade que se lhe impunha, sem nenhuma pretensão dele, de saber lidar com forças desconhecidas.

Parecia reinar-lhe nos olhos a serenidade das estrelas do firmamento. Porém, sem qualquer afetação.

Usava barba em estado natural de crescimento, cabelos ralos e longos até os ombros, negros e ligeiramente ondulados. Era grisalho, porém com poucas rugas na face. Sua fisionomia era impassível.

Costumava ficar parado por horas, de pé ou sentado sobre uma pedra, no alto de um morro ou ao lado de um rio, sem mexer sequer com os cílios.

Dizia que quando temos uma coisa que queremos, mesmo que seja mínima, se concentrarmos nossa atenção, o resultado parecerá enorme.

Era por assim dizer, o milagreiro do povoado e região. Vinha gente de longe consultá-lo para resolver uma questão."

Don'Ana contava com arrepio quando se lembrava o que sucedeu na fazenda do Tio Paulo.

"Surgiu uma tal lagarta, que quando dava no pasto ia comendo tudo, dum brejo a outro e, formando uma linha de combate, deixava terra batida para trás. Em poucos dias, alqueires eram devorados.

Ao final de algumas semanas, aquilo, sem mais aviso, desaparecia tão misteriosamente como surgira. Mas o prejuízo estava dado. Os milhões de pequenas lagartas verdes que iam se sucedendo umas às outras devoravam o pasto com uma voracidade de produzir ruído cricricante no silêncio da perplexidade. Era de meter medo. Sumiam deixando pó.

Tio Paulo aturdido com a possibilidade de perder aquela batalha, vendo sua propriedade ser literalmente comida, correu à Casa da Lavoura onde lhe deram um remédio e lhe ensinaram como aplicar.

Era um tal BAYER, que vinha do exterior e que diziam ser ótimo para o caso.

Aplicaram o tal pesticida que, além da trabalheira, acamou três de seus homens. Mesmo Tio Paulo ficou por dias sentindo um desânimo incomum para ele que sempre foi ativo.

Mas os bichos pararam de comer. Silenciou até mesmo aquele ruído da comilança que parecia vinha aumentando a cada dia. Tio Paulo sentiu um alívio e chegou a reverenciar aquele rótulo.

Entretanto, passados alguns dias a coisa voltou e parece que voltou com mais raiva, com sede de vingança. A voracidade veio redobrada. O cricricar veio triplicado. Tio Paulo chegou a maldizer a vida e a blasfemar, que Deus o estava castigando por alguma razão imprecisa.

Foi aí então que lhe deram a sugestão: 'Pru mode qui u Siô num percura o Joaquim Camarada? Óia qui ele fais coisa qui inté o Seu Padre num gosta di falá.'

O fazendeiro meio cético com a coisa, meio não querendo ir, acabou, pela força das circunstâncias, indo ao tal 'benzedô'.

'Sr. Joaquim, eu estou com problema com lagarta no pasto da Brejauveira e disseram que o Senhor pode ajudar.' Tio Paulo foi cerimonioso naquele primeiro encontro.

O octogenário, imperturbável como de costume, nem sério e nem oferecido, disse: 'O Siô pod'isperá qui manhã a cinco hora, bem cedu, eu tô lá. Tenhu primeru qui aperpará as oração.'

'Eu mando uma carroça buscar o Senhor amanhã cedo Seu Joaquim.'

'Num carece Siô, qui di apé ajuda a dá mais força pru trabaiu.'

Tio Paulo se despediu e saiu impressionado com a dignidade do ancião. Não pedia nada, não exigia nada. Simplesmente assentiu.

Dizem que não aceitava nenhuma paga pelo que fazia a não ser um prato de comida, se lhe davam.

Muitas das vezes, enquanto os solicitantes ficavam encafifados tentando entender o sobrenatural resultado do trabalho do velho, quando davam pela coisa, o velhote havia sumido, sem deixar rastro. Dizem até que ele foi visto voando por sobre morros e matas...

No outro dia, o fazendeiro lá estava com o romper da aurora, acompanhando a ordenha e de olho na estrada. Aflito, fazia qualquer coisa lá e cá e dava uma espiadela na última curva da estrada, ainda meio ofuscada pelo resto de madrugada que ia se arrastando. De soslaio, sem que os caboclos notassem, chegou a dar uma olhadela por sobre os morros e matas a ver se o homem não vinha voando.

Foi sobressaltado e escapou de seus pensamentos, quando Zeferino, um rapazola assustado, veio correndo e gritando.

'Siô, uuuu homi tátá lá Siô.' Meio querendo chorar e gaguejando aos solavancos: '...eeeeu iiia bubusca u buburru cunfoformi u Siô mamandô iii i vi ele lá.' Não pôde nem se explicar direito, mas não era necessário, pois antes mesmo que terminasse Tio Paulo já havia jogado o garfo de feno para o lado e correndo beirando o Rio Itagaçaba afora, foi dar com a silhueta esbelta do velho, formando desenhos inexplicáveis na linha do horizonte.

'Pindoruama otoshi pororuama, cashindê pindoruama, gandamuaiê anhandabouama...'

Tio Paulo estancou e teve uma vertigem, tremia e suava frio diante daquela visão. Começou a acreditar que ali estava realmente um Feiticeiro, muito embora ele pouco ou nada soubesse sobre o assunto. Era mais por acreditar no que ouvira, junto com o que estava vendo. Começou a crer que as lagartas desapareceriam. No nascimento de um novo dia, veio a nascer nele um novo homem...

A vida e a morte são regidas por forças da natureza, que o universo possui e que vão e vêm da mesma forma que a noite e o dia, o calor e o inverno, o curvo e o reto. Basta ter paciência, determinação e sabedoria para conviver livremente com elas e poder usufruir. Pensou ele.

Tio Paulo estava extasiado com aquela visão. A força da fé daquele homem o contagiou. O velho trabalhava num campo de forças que jamais pudera imaginar existir. E era tão forte e intenso que não se podia aproximar dele, naquele momento de transe.

Os sons que produzia, sua dança e os movimentos harmoniosos de seu corpo, tal como massa que ora contraía, ora expandia, parecia flutuar. Parecia atrair centelhas que entravam por sua cabeça e eram lançadas pelas pontas dos dedos em direção ao objetivo. A linha de frente das lagartas parecia brilhar de calor.

Não podia ordenar pensamento ao presenciar aquela cena nunca antes imaginada, sequer. E as palavras ressoavam como em tambor, seguindo sonoridade que se podia inferir, vinham de dentro das matas e se somavam às batidas dos pés:

'Pindoruama otoshi pororuama, cashindê pindoruama, gandamuaiê anhandabouama...'

De repente o homem parou, ereto, permaneceu por minutos, talvez uma hora, estático. Podia-se comparar ao efeito de uma estrondosa tempestade. Depois dos raios e rebentos, depois do volumoso derramamento, sobrevém a paz, o sol novamente brilha, os pássaros reiniciam suas melodias. Retomada a normalidade, sobreveio a bonança, uma paz indizível.

Tio Paulo aproximou-se lentamente, respeitosamente, do Feiticeiro, como que esperando um olhar ou um aceno qualquer que pudesse garantir que a vida houvera já voltado ao normal. Ao chegar bem próximo sentiu um cheiro que não podia identificar. E ouviu:

'Tá pronto Siô, u qui Deus tinha qui fazê, feis.'

Suas palavras eram imperturbavelmente simples e diretas, sem dissimulações.

'Quandu perxisá, podi mandá avisá, seu Siô.'

Tio Paulo caminhou até à 'linha de combate' e viu que tudo estava consumado. Não havia mais uma só lagarta, viva ou morta. Tinham como que evaporado. Percorreu detidamente a linha entre terra e mato, mas não viu nenhum bicho. Quando se virou para agradecer, o velho já não estava mais...

Ainda um pouco cético, passou a esperar pela eventualidade da retomada da voracidade, como ocorrera no caso da BAYER. Mas ao contrário, o capim ressurgiu mais viçoso que antes.

Aquele homem estava num plano de realidade apartado do comum, num total desprendimento, em favor dos outros.

A partir daquele dia, Tio Paulo, visitava-o todos os meses e levava consigo um cargueiro de mantimentos para o Asilo. Lá se punha a conversar com o mago mameluco, com o que foi montando para si o mosaico da existência daquele homem simples de alma abundante.

Alguns anos depois, o mameluco morreu e foi o próprio Tio Paulo quem o encontrou em seu humilde quarto. Duro em pé, olhos entreabertos, já frio, recostado à janela que dava para um pequeno quintal sem fruteiras, da lateral do Asilo.

Várias pessoas já o tinham visto ali desde o amanhecer, mas como era seu costume adotar aquela postura, ninguém deu pela coisa.

Tio Paulo foi chegando devagar, como sempre fazia, falou com ele, mas não obteve resposta. Chegou mais perto, contornou a cama e olhou seu rosto, reinava a mesma serenidade de sempre, porém com a palidez cadavérica do total abandono de si mesmo.

Tomou-o nos braços como se pega uma tábua e notou que estava mais leve que deveria um defunto daquele porte. Quando a proximidade é muito íntima, suficiente para não ver detalhes, estava mais a sentir que a ver, teve a nítida impressão de ouvi-lo dizer: 'Adeus!'. Mas torpedeado que estava pela emoção, pela perda de um amigo, que se fizeram ser, preferiu responsabilizar a imaginação.

Saiu imediatamente a providenciar o enterro, durante o qual, Tio Paulo passou todo o tempo recolhido em pensamentos, a recordar as curas e os benzimentos do ancião.

O cerimonial da cura de bicheiras foi um dos que mais o impressionou, tanto pela riqueza de detalhes quanto pela disciplina da intervenção. O velho seguia o animal ferido durante horas até que pudesse colher a marca da pegada deixada num dado terreno. Colhia um bom punhado de pêlos do animal. Retirava cuidadosamente um dos bichos do ferimento. Misturava os pêlos à terra da pegada, juntava gordura ou óleo de cozinha até formar uma pasta amoldável. Tomava o cuidado de acomodar o bicho bem no centro daquela massa com a qual formatava uma bola. Enrolava-a em um pano de algodão limpo e punha de frente a uma vela acesa. Orava em linguagem desconhecida, até a vela se acabar...

No dia seguinte bem cedo, dependurava aquele talismã em uma pimenteira e recolhia-se em oração.

Com o calor do sol, aquecido, aos poucos o óleo ia pingando e, conforme gotejava, os bichos iam caindo da bicheira. No dia seguinte, a ferida estava curada.

Tio Paulo viu aquilo com os próprios olhos e outras pessoas podiam confirmar.

Chegava gente com dor de barriga ou dor de cabeça, o velho fazia o enfermo se deitar de bruços no chão de terra, apoiava a mão direita na altura da dor e com a mão esquerda batia, ora no chão, ora sobre a própria mão direita. Três minutos depois, o ex-enfermo saía dali rindo e cantando.

E Tio Paulo viu muitas outras coisas!

Dois dias depois do enterro de Joaquim Camarada, um zunzum tomou conta da cidade. Andaram dizendo que o feiticeiro fora visto pelas bandas do Bom Jesus, um bairro distante.

Após muito disse-me-disse, chegaram a uma conclusão, que foi aceita por todos como verídica, só não o foi por Padre Antônio.

A Inhá Rosa do Asilo jura ter visto um homem lá do Bom Jesus, o Manuel Cigarra — apelido por falar meio assobiado — que teria vindo encarecer ao curandeiro para lhe ver a filha pequena que estava pela morte fazia dias e nenhum médico conseguira curar. O velho ouviu pacientemente, fez pausa, balançou a cabeça como quem arquiteta algum plano e abençoou o desesperado homem, pondo-o tranqüilo e que aguardasse "qui Deus haviria di tudu arranjá".

O velho curandeiro teria dito à Inhá Rosa, que lhe trazia o jantar todas as tardes, que talvez não desse tempo de ir ver a menina, antes. Só que não disse antes do quê. E como ele dizia muitas coisas que ela não entendia mesmo, esquecera o assunto.

Ainda segundo Inhá Rosa, o velho teria lhe pedido que falasse com o Sr. Tio Paulo para levar Inhá Lica, sua falecida esposa, junto. Para o que ela também, não tendo entendido, não deu ouvidos. Deixou mais essa por conta das "maluquices" do velho.

Ao ouvir tal relato, Tio Paulo sentiu um frio na espinha, pois na hora que iam fechar o caixão do velho, olhou para o que restava de um guarda-louça onde havia anos amarelava um retrato de uma senhora com cabelo enrolado no alto da cabeça, coisa a que Tio Paulo nunca havia dado nota e também o velho nunca lhe falara sobre casamento. Apanhou o retrato conduzido por uma força externa, colocou-o ao lado da cabeça do defunto. Todos os circunstantes calaram qualquer menção de dúvida, mesmo em pensamento, sobre a operação.

Mas concluindo a estória da menina, contou seu pai que um dia depois do enterro do Feiticeiro, sua filha se levantou cedo e foi ajudar a mãe nos afazeres de casa, como era seu costume e como se nada houvesse acontecido com sua saúde."

A notícia fervilhou por todo o lugarejo e as beatas puseram-se a correr para o cemitério a acender velas para o falecido. Esperando que milagres viessem alcançá-las.

Don'Ana terminava o causo com quase a metade dormindo, menos o menino que admirava aquela mulher, a cada repetição daquela estória fantástica.

O menino teve um encontro com JC num dia em que sua avó ofereceu ao velho um prato de comida. O homem se sentou no chão e o menino, curioso que sempre fora, aproximou-se do velho e acabou por almoçar junto, no mesmo prato, com Joaquim Camarada, o Feiticeiro.

Moda de viola

Ao cair da noite, depois do banho, o ambiente mais disputado na Casa Grande da Fazenda do Sertão era a roda do fogão a lenha. Especialmente quando gemia a viola de Tibúrcio.

A cozinha enorme como de resto tudo naquela casa, era o único cômodo que não tinha forro de taquaras, o que permitia a fuga mais rápida da incômoda fumaça da lenha, mormente quando mal disposta. O chão era de terra batida. A porta de saída dava de frente para a bica d'água. O fogão ficava no canto oposto ao da porta que, através de um pequeno corredor, levava à sala de estar. E era a única ligação com a cozinha que, por sinal, arquitetonicamente, se portava como um anexo ao corpo principal da casa.

Costumava o menino associar os ambientes aos acontecimentos. Era impossível reproduzir aquele momento de prospecção coletiva em torno de causos, estórias fantásticas e a viola de Tibúrcio, que não fosse acompanhada da escuridão da noite, ou sem a luz oscilante do fogão a lenha, ou sem a garrafa de pinga que corria discretamente pelas mãos adultas, ou sem as pipocas estourando, ou sem a Ritinha preparando o caldo quente ou ainda sem as sombras que tornavam os rostos menos visíveis e, por isso mesmo, os ânimos mais extrovertidos. Cresciam, com o cheiro do cigarro de palha, a alegria e a imaginação para as histórias enquanto a viola ficava mais e mais atrevida. Era a catarse da folia cabocla.

O atrevimento chegava a ponto de, a algumas crianças, servirem uma colher de pinga, como um processo de iniciação nas noites do Sertão. Os grilos, as pererecas e os sapos abriam o concerto na boca da noite.

Tibúrcio surgia à porta vindo do breu, como um monge da escuridão, de quem só se viam os dentes dentro de um vasto sorriso que se imaginava só dele. Tirava o chapéu e colocava a inseparável viola encostada ao fogão, "pra pegá tom".

Homem baixo, negro retinto, grandes lábios, chapéu de palha, rústico tal como veio de sua própria natureza. Alegre, espirituoso, filósofo:

"O que vem sinificá
O que isso sinifica
O que vem sinificá.
Eu prantei na minha horta,
Foi nascê no seu quintá."

Vivia só com dois filhos, de quem cuidava com zelo de mãe. A mulher o abandonara sem razão sabida. Ele foi com ela até à estação num gesto de adeus que eternizou.

"O apito tocô,
Meu peito chorô.
A roda do trem ia,
Quiria vortá.
O coração batia,

Quiria pará.
Na hora di i,
Sem hora di vortá.
Sexta feira fez um ano
Que meu coração fechô.
Quem morava dentro dele,
Tirô a chave i carregô."

Ficou anos no cativeiro da alma. Silenciou a viola. Amadureceu com a dor. Transmudou-lhe o espírito. Aperfeiçoou-lhe a sensibilidade. Apaixonou-se.

Perguntou-lhe o avô, que não esperava o sol nascer para cutucar as cócegas do crioulo: "Oh! Tibúrcio, disseram que você está de novo amor?" E o negro respondia ao seu bom estilo: "Oia seu Siô, casa sem muié é qui nem inferno sem cusarruim".

"Vai u Sor e vem a Lua,
Nunca farta craridade.
Vai um amô e vem otro,
Ninguém morre di sodade."

Sua chegada à roda do fogão era festejada com todas as honras merecidas. A todos tinha sua mensagem, ora fazia rir ora chorar. Depois de um ritual de quem afina a viola à garganta, era para as crianças que dava os primeiros acordes.

"Oia u doce, oia u doce,
Oia u doce da cocada,
Quandu acaba esse doce!
Vô dança c'oa namorada."

Todos sabiam de cor e cantavam juntos, aliás, cantavam durante o dia em qualquer lugar. Era o sucesso do Sertão. Mas não tinha o mesmo valor sem a voz do autor, sem sua interpretação, sem seu cheiro, sem sua viola, sem a noite, sem a cachaça, sem o calor do fogão, sem as pipocas de Ritinha que saía dançando como se fosse ela mesma a "namorada da cocada".

Sua arte nascia dali daquele recanto, nascia do paiol, do carro de bois, da roda d'água, do monjolo, do canto da seriema. Era do chão, do ritmo do coração.

"Canta seriema,
Canta nego frozô.
Canta Mariazinha,
Frô do meu bangalô."

E fazia bom uso da flora.
"Tenho minha carça di embira,
E a cinta de cipó.
Mandei tirá taboa,
Pra fazê meu palitó."

Sabia se fazer de cômico.
"Mi chamaru eu di feio,
Du nariz isparramado.
Queria que vanceis visse,
U nariz du meu cunhado."

Não negava sua raça, aliás defendia-a cantando.
"Mi chamaru eu de preto,
Sô preto deixa está.
U preto tem seu tempo,
U brancu tem seu lugá.

Mi chamaru eu de preto,
Mas de preto eu me consolo.
Já vi moça branca i bunita
Cum nego preto nu colo."

Até para agradecer tinha seus cuidados.
"Fico muito agardecidu
Pelo versu que ocê cantô
Se era meu amigo
Mais meu amigo ficô."

E para se despedir, também improvisava.
"Vô m'imbora,
Vô m'imbora,
U qui dão pra mim levá.
Vô levá farinha seca,
Mocotó di sabiá."

Lá pelas tantas, o dono da casa, que também não era de reza, dizia em tom de pilhéria: "vamos dormir mulher, que as visitas estão querendo ir embora". E todos iam se retirando com um sorriso contrariado com o fim da "festa", mas certos de que teriam outros causos na noite seguinte, outras modas de viola.

Cu de burro

Don'Ana com a silhueta demarcada pela luz trêmula, tinha a exata percepção de ambientar-se à penumbra, do volume e da entonação de voz em cada trecho da narrativa, apanhar um tição do fogo para reanimar seu cachimbo e projetar as imagens para a interpretação de cada par de olhos e ouvidos dentre os presentes. O tição vinha a lhe demarcar uma fisionomia avermelhada e projetá-la mais definida contra a parede enegrecida por tufos de picumã e sombras tremulantes. Era sua coreografia, adequada para um cenário perfeito à cisma certa para as perturbadoras estórias.

Ritinha, ao lado do fogão, coletava brasas para o ferro de passar, acompanhada de perto pelas meninas que se iniciavam na arte desde cedo. Para roubar a cena, a graciosa negrinha pegava uma brasa e se punha a jogá-la de mão para mão ou batê-la como se fosse peteca. As crianças se admiravam com aquela mágica, para gosto da rapariga. Mas a um olhar de Don'Ana e a passadeira voltava às roupas. Roupas que ficavam impregnadas pela fumaça e que iam de volta para a cidade dentro da sacola arrastando consigo o cheiro daquelas noites.

A velha queria contar, para as crianças, as peripécias da avó do avô delas, a Vovó Leopolda.

"Mineira de Airuoca, Vovó Leopolda fez casar uma das filhas com um varão da família, que trouxe a moça para cá para ser a bisavó, que foi."

Leopolda era mulher alta, magra, sempre com um vestido do pescoço até o tornozelo, de modos rudes, autoritária por força da necessidade da vida dura de trabalho sobre trabalho, com a percepção de pôr filhos a fazer filhos, para cuidar dos filhos dos filhos. Montava um burro em Airuoca às três da manhã e fazia dois dias e meio de trilhas, uma vez por ano, para ver a filha com os netos.

Fazia trabalho pesado como qualquer homem. Ia para o terreiro, sozinha, pegava frango e destroncava ali mesmo, matava porco com um punhal que levava à cintura, rachava lenha e, às seis da manhã, o fogão já cozinhava seus preparados.

Não usava calcinha e, por prática que era, urinava em pé mesmo, erguendo levemente a grande saia, deixando a um canto a roda de seu deságue. No tempo em que sela para mulher era conformada para se sentar de lado, pondo-se as duas pernas para o mesmo lado da montaria — cilhão — ela se recusava a tal desprestígio e punha-se em sela tal qual homem.

As crianças tinham por ela o mesmo respeito que para com o pai. O único agrado que fazia aos pequenos era a sua especialidade culinária, bala de coco. Sua bala era festejada por crianças e adultos. Toda vez que vinha deixava uma lata cheia do suculento petisco.

Não ouvia conversa fiada e não levava desaforo para casa. Homem que bulia com ela, saía com o "rabo entre as pernas".

Certo domingo ensolarado, ao final da missa da manhã, homens e mulheres bem vestidos e sofisticados conversavam em vários grupos na praça da cidade, quando surgiu na esquina da cadeia, vinda de Airuoca, em uma de suas anuais visitas, a amazona Leopolda, trotando o seu burrão. Ao passar pelos coloquiais, percebeu que a zombaria se devia ao fato de seu estilo de montar. Mas não daria conto ao fato se não fosse pela audácia de alguém que teria dito: "Ah! Que engraçado".

A velha apeou do animal, fê-lo virar com o traseiro para o lado das pessoas, levantou o rabo do bicho, virou-se para elas e disse, com a maior naturalidade: "Engraçado é isso aqui", apontava para o cu do burro.

O grupo se dispersou, enquanto outros, que estavam a certa distância, desancaram a rir. Vovó Leopolda olhou fixo, séria, sem mover um músculo e assim ficou a encarar os desaforados. Percebendo a encrenca, todos se calaram, voltaram às suas conversas, olhando de quina para a mulher altiva e fingiram pouco caso com o fato. A velha montou novamente e seguiu seu caminho para a casa da filha, com um sorriso matreiro no canto da boca.

Doutra feita, contam seus serviçais, numa de suas viagens de retorno para sua cidade, ao passar por uma venda de beira de estrada, um desaforado caiu na bobagem de dizer uma gracinha: "Quiria vê aquela velhota muntada assim ni mim".

Não houve tempo para mais dizer e a velha, como um raio, saltou do burrão, voou para cima do bestalhão que, tolhido pela surpresa e audácia da velha, ficou sem ação. Foi posto ao chão com a velha montada sobre ele e com a ponta do punhal já a lhe ferir o pescoço: "Era assim qui vosmecê quiria mi vê seu atrevido? Agora qué vê como é qui u sangue dum bosta corre?" Do medo se fez silêncio.

 Segundo a criadagem, salvou o homem um padre que por ali passava e acorreu em sua defesa, encarecendo à distinta Senhora que se valesse de seu espírito cristão e depusesse as armas. Vovó Leopolda apeou do cagado, montou seu burro, desenhou um gesto no ar ao guardar o punhal e partiu deixando história para os homens da venda. Haveria de passar por ali outras vezes, como de fato fizera. Sentia que, ao passar, os olhares eram de respeito e admiração. Mas tomou o cuidado de pôr seus criados alertas para o caso de tocaia ou emboscada, pois um "cagão é capaz de súbita covardia", dizia ela. Mas ficou sabendo, pelo dono da venda, que o tal sujeito escafedeu no mundo depois daquela vergonha. "Fez valia para os seus negócios. Um merda daquele lhe espanta a freguesia", no que o vendeiro assentiu com a cabeça e tratou de não contrariar.

 Vovó Leopolda deixou sua marca na vida como tantas outras mulheres. Talvez tenha sido uma precursora da igualdade de direitos que só se dá com o respeito, mesmo que se tenha às vezes que apontar para um cu de burro...

Bunda de formiga

O céu estava azul com manchas de nuvens brancas, depois de alguns dias de boas chuvas no início da primavera.

As crianças, todas as da cidade, corriam em alvoroço pelas ruas, cada qual com um ramo verde na mão. Agitavam os ramos no ar e gritavam de alegria. Alguns adultos se misturavam às crianças e as galinhas abandonavam seus quintais e misturavam-se à farra. Havia um cheiro forte no ar.

Quem olhasse do alto da Capelinha e não soubesse a razão daquela algazarra, poderia afirmar que a cidade enlouquecera. Já um outro mais criativo, afirmaria tratar-se de um ensaio de dança folclórica.

Do céu desciam centenas de pequenos "helicópteros", zumbindo e buscando espaço entre seus algozes. A grande maioria era abatida pelos frenéticos ramos ou por camisas. Alguns voltavam e sumiam no azul do céu, expondo-se aos pássaros. Raros heróis safavam-se e chegavam ilesos ao chão, mas logo eram agarrados pelos ávidos guerreiros. Um ou outro uma vez no chão, arrancava as próprias asas, buscava um terreno macio e punha-se a cavar, rapidamente, estreita covinha, onde se esconder e iniciar um novo formigueiro.

Era um enorme prazer para a criançada abater as içás em pleno vôo. Era como receber um troféu e de mais a mais, havia uma arte naquele gesto. Se a ramada fosse muito forte, o abdômen explodia no chão e estava danificado. Enfiar um palito de bambu na bunda da formiga punha-a a bater asas sem poder voar, criando um brinquedo macabro.

Aquelas enormes formigas de três centímetros de comprimento, eram disputadas a tapa pelas crianças que, depois de lhes arrancar as asas, as pernas e o ferrão, aproveitavam o abdômen e as tanajuras, que depois de torradas em óleo quente, salgadas e misturadas à farinha de mandioca, eram mastigadas com enorme prazer por todas as famílias do lugar.

Alguns faziam cara de nojo, fingiam repugnância. Outros até fantasiavam que aqueles bichos, que viviam debaixo da terra, comiam defunto no cemitério, mas sabia-se que em casa, bem que comiam as içás trazidas pelos filhos. O sabor exótico era realmente irresistível.

A Pimpão, filha do Roque Doutor, para se fazer mais batuta que os outros, comia as pobres içás ali mesmo, cruas e vivas. E para provar ainda com mais arrojo seus dotes, comia-as com ferrão e tudo.

As bocas dos formigueiros, em dias de saída de içás para o vôo nupcial, fervilhavam de formigas e de gente a catá-las.

Pássaros, em grande agitação, partilhavam da festança e em pleno vôo capturavam suas deliciosas presas.

A natureza sempre encontra abundantes demandas para suas farturas.

O sobre-tempo

O tempo, para o menino, não era feito de horas, muito menos de relógios, mas dos momentos vividos com as coisas que amava. Não era feito dos movimentos dos ponteiros dos relógios, mas das águas dos rios, do vento fustigando suas orelhas, do Sol, da Lua e das nuvens. Não havia distinção entre o ontem, o hoje e o amanhã. Tudo se fundia num agora infinito e indispensável.

Ficava simplesmente olhando para o céu, observando as figuras que as nuvens imitavam, movendo-se e modificando-se a cada instante.

O tempo se movia ora rápido com as asas das andorinhas, ora lento, feito caramujo na areia.

O pêndulo do grande relógio da sala marcava a cadência dos sentidos. Às vezes oscilava suave, embalando o sono, como rede. Em outras, martelava impiedosamente uma noite insone.

Nos dias alegres, festivos e livres, o relógio era mero adorno. Nos dias de convalescença, barrava o correr das horas. Amplificava o sofrimento, os medos e a dor. Ficava, em tais momentos, com o sentimento vazio das horas.

As metálicas pancadas da meia-noite, infindável tortura. Diferente das alegres badaladas dos dias azuis.

O tempo flutuava, mas imperava na vida. Comandava os afazeres e a morte. No cemitério, as lápides, como testemunhas dos tempos já contados. Do lado de fora, defuntos do futuro.

Sobre o tempo? Era completamente compreensível, desde que o deixassem quieto lá no seu relógio...

Bastião Santo não contava as horas. Não sabia da inutilidade dos relógios. Vagava pela cidade a rir com os próprios resmungos. Boca de poucos dentes, sorriso definido num mundo apartado. O mais sincero de todos os olhares. A mais decidida revelação, dentre todos os indecisos.

Seu quarto no asilo era repleto de objetos. Latas, ossos, sapatos desaparelhados, pedaços dos mais diversos objetos. Lembranças dos dias de incansáveis caminhadas pela cidade. Era o seu modo de contar o tempo. Dispunha os objetos "cronologicamente" pelas paredes e forro. Ordenadamente. Um "calendário" completo de seus dias, de seu tempo.

Não contava seus pertences, mas contava com eles. Emparelhava-se com eles. Às vezes, ficava olhando fixamente para um deles, estático. Talvez buscando, na memória, as coisas daquele dia, o dia daquela peça.

Genésio contava com suas histórias em sua memória irretocável. Narrava os acontecimentos, lembrando-se dos lugares, dos nomes completos das pessoas e da seqüência perfeita dos fatos, que repetia inúmeras vezes, sem trocar uma palavra. Não havia hora, nem dia, nem ano. Não havia relógio. Seu relógio era sua memória, que não confundia, nem perdia o eixo das coisas todas que entravam em sua mente, como um trem num túnel. Referenciava-se pela cronologia dos acontecimentos com os quais se relacionava:

"Capitão Antônio Domiciano dos Reis que era filho do Cel. Antônio dos Reis e de Dona Maria Aparecida Boaventura de Domiciano, quando voltou da revolução, trouxe para casa uma perna a menos, o que não o fez perder a elegância, nem o humor. Afinal, a perna havia sido dada em defesa da pátria. Só a morte poderia ser mais honrosa que a simples perda de uma parte qualquer do corpo.

Cap. Antônio arrastava as asas para os lados da senhorita Aparecida do Rosário, filha do Cel. Vicentino Almeida de Bragança que morava lá para as bandas de São Roque. A fazenda era grande e tinha um bom pomar. Certa vez fui até lá levar uns remédios a pedido do Zé Pinto, fui num cavalo tordilho que pertencia a Aarão Moreira de Andrade, que morava ali ao lado do grupo escolar. Cavalo bom aquele, fez a viagem inteira num trote só sem parar para tomar água. No caminho, passando pela casa do Rufino do Juca do Canuto, o homem estava na varanda e convidou para apear, mas como estava com pressa por conta dos remédios, dei por desculpas, mas detive-me para uma rápida prosa e o tordilho não parava de sapatear. Fazia boa presença para invejar. Chegando à Fazenda, apeei ligeiro e passei o pacote para as mãos do Cel. Vicentino Almeida de Bragança, que me convidou para o almoço. A mesa posta parecia para dia de festa, tinha de tudo, uma leitoa assada que dava água na boca, tutu de feijão, mandioca frita, um panelão de arroz, farinha, pimenta, frango de molho, refogado de couve, farofa de carne-seca. Depois do almoço, levou-me para o pomar, com dois sacos de trigo e encheu de laranjas para eu trazer. Fiz um piquá, joguei sobre o arreio, fiz menção de montar, mas o homem me pegou pelo braço e me levou para a cozinha, serviram-me um café daqueles, que eu nem me agüentava mais de tanto comer. Montei e, ia voltando, quando encontrei o João Neves, que voltava da pescaria. Um dia fui pescar com o João Neves, isso está fazendo uns bons tempos. Saímos de manhã cedinho lá para as bandas da Cascata. Quando estávamos chegando, demos com um rolo de cascavel bem na beira do barranco onde a gente sentava pra pescar. Estava começando a clarear e, por pouco, não sentamos em cima dela.

O João ficou até meio gago. Pegamos uns quinze bagres e trouxemos para a Francisca Batista das Neves, a Chiquinha do João Neves, fazer uma fritada. Aliás, peixe frito é com a Dona Maria Bueno da Silva, minha mãe. Não sei o que ela faz que deixa o bicho crocante que só ela. Um dia eu convidei o Arlindo Pereira dos Reis para almoçar lá em casa e ele fez o favor de trazer uns bagres que havia pescado no Itagaçaba. Lambeu os beiços de elogios para os lados da velha. Mas lá no caminho de São Roque o João das Neves me ofereceu uns bagres para trazer para minha mãe e eu aceitei. Amarrei a fiada na garupa e vim pensando na fritada da Dona Maria..."

Como parecia que estava no meio de uma longa, desinteressante e interminável história que em outras ocasiões já havia sido ouvida com a mesma riqueza de detalhes e inconveniência, sempre com forte pitada de vantagens para seu lado, já íamos para menos da metade dos ouvintes, com outros já entabulando outros assuntos, quando o Genésio aumentava o volume da voz para se fazer melhor ouvir e dava andamento solene à interminável ladainha, como a marcar seu badalar no cérebro dos desavisados ouvintes. Quem ficasse por último pagava o pato por horas a fio, num ritmo de acontecimentos absolutamente sem carisma. Era considerado o chato, alguém que ao apontar ao longe, as rodas se desfaziam e a rua se esvaziava como que por mágica.

As figuras do lugar, cada qual tinha lá seu mundo, suas horas, suas reminiscências que guardavam o badalar de seus tempos entrelaçados com os acontecimentos da vida que fluía sem parar, às vezes morna, outras dramática, a remontar tempos sobre tempos de cada um, sobre os de todos.

Comendo chuva

De olhos ainda fechados sob as cobertas, o calor aconchegante convidava mais a ficar que a enfrentar o intenso frio daquelas secas madrugadas de julho. Tonico ressonava forte ao seu lado, incentivando ainda mais sua preguiça.

O marido não admitia que o café fosse servido depois das quatro e meia. Mas como de hábito, as coisas eram bem arranjadas na noite anterior. O fogão ficou aceso e alimentado com duas boas toras, a mantê-lo aquecido e conservar, até àquela hora, boas brasas sob uma leve e ondulante camada de cinzas. Ademais, ao lado do forno estavam um balaio cheio de gravetos e algumas toras mais leves, daquelas de se reacender o fogo.

Enquanto trançava a lenha e os gravetos, mantendo uma perfeita harmonia entre espaços e madeira para que o ar circulasse e as chamas percorressem todas as superfícies, evitando fumaça, ia trançando suas idéias, percorrendo na memória os sonhos da boa vida de menina.

Soprava as cinzas algumas vezes, até que as brasas, avivadas, incendiassem as palhas de milho que, rapidamente, iam transferindo as chamas de graveto em graveto, de lenha em lenha e logo dominavam a cena, chamavam para si todos os olhares. Ali, Maria sabia do seu domínio.

Ainda deitada, pensava em tudo o que deveria fazer, detalhe por detalhe, como para memorizar e não perder nenhum passo nos primeiros cambaleantes momentos da madrugada.

Os homens, vinte caboclos da enxada, rústicos e famintos, estariam às cinco em ponto, prontos para as ordens do patrão.

O galo cantou pela segunda vez, e antes que o fizesse pela terceira, Maria pulou da cama em meio à escuridão. Acendeu a vela e caminhou silenciosa ao urinol. Aprontou-se e seguiu para a cozinha, de onde sairia, às nove da noite, direto para a cama.

Enquanto a lenha firmava o calor do fogão, ela batia o bolo, a primeira coisa a ir ao fogo. Com o bolo no forno, cuidava do leite, do café e dos pães que Ditinho acabara de trazer da Padaria do João Mendes.

Maria corria para o rancho. Acendia lamparinas de querosene, ajeitava a mesa onde servir os preparados, de maneira a dispor ao alcance dos ávidos caboclos. Entre a casa e o rancho, Maria às vezes parava por alguns poucos segundos, para olhar a imensidão pontilhada de minúsculas luzes, que só as madrugadas de julho eram capazes de revelar com tanta nitidez. Sentia-se zonza, oprimida sob tanta inexplicável imensidão. Como Deus as colocou ali? De repente, uma flecha de luz cruzava o firmamento e, súbito, apagava-se. Sumia completamente, para aumentar ainda mais sua perplexidade.

Lembrava-se de quando tinha nove anos e viu um cometa. Era quase noite quando sua mãe ordenou que ela e

Mariinha fossem até a bica levar as vasilhas da janta para lavar. Ela saiu com a irmã mais nova pela porta da cozinha tomando a trilha. Uma pequena rampa, ao fim da qual se descia poucos passos até a bica. Ao chegar ao topo do caminho, Maria deu com aquela bola de fogo com um rastro enorme e brilhante, a clarear mais que a Lua. Jogou as panelas no chão e voltou como um raio para casa.

Foram dias de medo e muita oração por aquelas paragens. Até nos homens se percebia um medo irrevelado. Os comentários anunciavam dias tenebrosos. O fim do mundo...

Maria acordou de suas lembranças com o barulho de Tonico, na cozinha. Correu aos afazeres. Seus movimentos eram ágeis e leves. Dispunha as coisas e delas, como ninguém. Sentia-se pouco à vontade com a presença do marido. Tinha a viva sensação de que ele a olhava e media todos os seus passos, como a esperar uma falha qualquer para chamar-lhe a atenção. Ele era bem mais velho que ela e valia-se dessa condição. Era o segundo casamento dele. A primeira mulher morrera tísica. Sentia-se às vezes mais filha que mulher.

Maria parou dois segundos diante do fogão, arranjou sem necessidade as panelas, rearranjou a lenha, buscando mais chamas, deu dois passos atrás e cuidou delicadamente dos cabelos. Aqueles movimentos, inúteis para o produto de seu trabalho, eram exclusivamente seus, para produzir outros efeitos, mostrar implicitamente seu poder, seu domínio, uma nesga de sensualidade na penumbra da manhã. O café estava pronto, bastava pô-lo à mesa. Mas ela trabalhava um pouco sua imagem diante da misteriosa luz da lenha. Que dissimuladas sombras eram aquelas a provocar pensamentos licenciosos? Sem se dizerem palavra,

Tonico inquieto saiu para o terreiro e Maria se pôs a levar os preparados para a grande mesa do rancho.

Uma leve luz da manhã rondava no horizonte. Os homens igualmente rondando, esperavam por um gesto do patrão. Maria, já dentro de casa, cuidava de outros afazeres, enquanto deixava um ouvido a acompanhar a bulha da peonada. Finalmente avistava os homens caminhando atrás de Tonico que solene puxava a marcha. O resto de sombras da noite insistia em confundir a paisagem. Sentia-se livre para agir.

Iniciava então os preparativos para o almoço. Levava as roupas para a bica e o arroz para lavar.

Lavadas as roupas, ia rachar lenha, tratar das galinhas, quando aproveitava para pegar, matar e depenar cinco frangos, pô-los no fogo assim como todos os outros pratos que idealizara quando ainda na cama.

Enquanto agia, quase mecanicamente, deixava seus pensamentos tomarem conta de suas horas, de seus minutos, tão intensos eram.

Vinham as lembranças da escola, das danças de roda, da cabra-cega, das queimadas, das bonecas, das casinhas e do esconde-esconde. Mas o pensamento andava rápido e logo estava na casa da mãe a correr com as irmãs pelo assoalho, que fazia um barulho tão saboroso. Passavam o dia correndo por todos os cantos. Paravam para espiar a chuva pela janela, enquanto comiam paçoca de amendoim. E lembrava-se da mãe socando paçoca no pilão. Amendoim torrado, farinha de mandioca, açúcar e uma pitada de sal, "pra dá contrasti". Punha um bom par de horas a socar, para fazer daquela mistura massa marrom clara, crocante, de se pôr a sonhar...

Adoravam quando chovia pedras. Depois da tempestade, corriam cada qual com uma vasilha a catar os montinhos e, escondidas da mãe, punham-se a comer pedrinhas de chuva.

Num daqueles dias de trabalho na bica, Maria sentiu as panelas de ferro mais pesadas que nunca. Os lençóis estavam como chumbo. O machado batia na lenha sem causar o efeito devido. Ao levantar o cesto de roupas, sentiu uma forte tontura, a vista escureceu e os braços deixaram cair o cesto. Alguns minutos depois, levantou-se quase recobrada da vertigem. Sentiu que algo lhe escorria pelas pernas. Caminhou em direção à casa, parou ao sentir o ventre vazio e uma solidão quase infinita. Olhou para o lado da bica e os patos comiam o feto perdido...

> Eu era só a Maria
> No cafezal, no tanque, na pia
> Para servir, corria
> Ele era no cavalo
> Era patrão
> Na casa grande com os filhos.
> A mulher morria.
> Era só o que eu sabia.
> Eu só, calada o olhava,
> Colhendo,
> Lavando, passando.
> A juventude passando.
> Ele veio ao pai,
> Era ele quem decidia.
> Resolveu-se pelo que eu queria.
> Dele foi como uma ordem,
> De mim eu era só Maria.

Na sala, na rede, já eram seis
Dos pezinhos, as marcas na parede.
Então ela veio negra, a espanhola.
Vestida de dor, desespero e agonia;
Foi levando um por um, a cada dia.
Foi levando, foi tirando, me esvaziando.
Foram todos até o último, até Sofia.
Eram seis que eu via
Eu nada mais falava, nada mais via,
Nada mais ouvia.
Mas eu os via e ouvia.
As marcas dos pezinhos
se desgrudavam da parede
e balançavam a rede.
Cantavam e sorriam...
Eu já estava no cafezal,
Eu para lá, para cá, corria...
Atrás deles ora via ora não via.
O fogão sem fogo
Sob as panelas vazias.
A água correndo na bica sem roupas.
O mundo parado no tempo da morte.
O coração partido em seis dores.
Epilepsia d'alma.
Nas camas vazias,
Roupas sem cores.
Eu um escombro de vida.
Olhos estáticos.
Os rebentos desferidos do útero
Para os túmulos da terra.
Das contrações de doloridas alegrias minhas,

A morrerem botões sem florescer.
Melhor gangrenar a consciência,
Vestir a alma com o luto frio
Do amargor vazio.
Os varais outrora
Coloridos de mimos,
Agora saudosos e frios,
Desnudados das cores dos meninos.
Dos lençóis molhados
Eu sugava o suor já frio,
Da febre que os levara,
Pensando de novo poder pari-los.
Arrastava-me pelo terreiro,
Buscando marcas de pés,
Brinquedos de barro,
Casinhas na areia,
A ver se dalgum vestígio
Colher um sorrisinho,
Um olhar, um choro,
Um pedido de leite.
Erguia aos céus
O que restava de braços,
Para pedir ao Pai
A mesma febre, a mesma morte,
Mas a voz não saía.
Deus não me podia ouvir!
Lá Ele não me queria.
A esperança me lançava fora de casa,
Batia-me pelas paredes,
Jogava-me pelos caminhos,
Cortava-me nos espinhos,

Levada pelo vento da saudade.
Eu os queria mas já não os podia.
Era a madrugada que caía,
Era meio real, meio sombras,
Coisa minha que vinha e partia.
Mas eu era para servir, corria.
Mas não os podia, não podia...
Até que vi Maria...
Ela falou:
"O Pai escolheu a ti, Maria,
Corre a servir, vai parir
Pois Ele te mandará outros
Para tua alegria."
Muito depois eu parti, um dia
com um século sobre os pés.
Buscar aqueles por quem sofria.
Dividida fui não querendo ir.
Meio arrastada me arrastando.
Fui já ouvindo aqueles dos pés na parede.
Fui quase sem ver, vendo.
Vendo os muitos pezinhos que deixo aqui
Vou, ficando,
Indo, voltando.
Sempre olhando pelos pezinhos que criei.
Na parede da vida,
As marcas que deixei.
Maria

Depois da morte dos filhos, Maria vagava pelos cafezais. Por vezes Tonico acordava de madrugada, acendia a lamparina e ia procurar pela mulher nas alamedas do cafezal.

As negras que trabalhavam na fazenda ensinaram Maria a pitar em pitinhos de barro com sugadores de bambu. Ela passou a sentir prazer naquilo e arrastou o hábito por toda a vida. Ficava duas vezes por dia pelos cantos a pitar, deixando no ar um cheiro bom de fumaça doce.

Maria só voltou a sorrir e se interessar de novo pela vida quando vieram outros filhos. Quando caíam pedras de gelo do céu, ela os ensinava a comer chuva.

Sem tempo para alforria

Don'Ana se aprumou mais solene sobre o braço do fogão a lenha, pois tinha um sentimento de distinta reverência sobre aquela história, que envolvia gente de sua raça. Deu duas baforadas no cachimbinho, correu os olhos por todos como para exigir silêncio, jogou o resto de fumaça para fora da boca e sem o habitual sorriso, destaramelou a língua para contar contrariada:

"A porta grande do Sobrado de 1871 se abriu naquela noite perversa, para uma assombrosa quimera nos tempos do cativeiro.

Mãos negras conduziam uma vela branca. A amarelada luz trêmula arrastava quatro sombras, cada qual com crucifixo no peito. Na igreja o padre orava só, trêmulo. As tábuas da escadaria estalavam nervosamente. Na Senzala, olhos não pregaram naquela noite. Queriam liberdade e riqueza sem demora.

Sinhá Jacintha, contrariando recomendações do falecido marido, leu o testamento aos escravos mais chegados. O Capitão sem filhos deixou os bens e riquezas aos escravos, mas para após a morte da viúva.

O casarão enchia-se de convidados mensalmente, com festins, saraus e concertos de piano, para convidados que vinham do Rio de Janeiro, São Paulo e até do exterior. A viúva era amante das artes e dispunha da boa fortuna herdada. Os negros passaram a se olhar desconfiados de falência. Rosa ia ao confissionário.

Negro Marcolino gemeu seu remorso no Largo do Chafariz. Gritava ao ouvir o sino da Ave Maria. Nunca mais rezou. Chorava todas as noites um choro lânguido e arrastado. Depois de cumprir anos de prisão em cadeia distante, ali mesmo na frente do Sobrado, cumpriu seu derradeiro cativeiro, enlouqueceu e morreu.

A porta do quarto de Jacintha já estava aberta e recebeu as quatro sombras, rápidas. O travesseiro foi a arma do crime. Jacintha demorava a morrer. Foi pisoteada e quebrada. Lutou contra a morte e o remorso de ter contrariado o falecido marido. A agonia levou horas. Os negros saíram estafados.

Cena desesperada. Havia mais que cobiça naquele ato. Havia vingança de raça. Vingança centenária. O cheiro da liberdade ativou a fúria. Não havia que esperar. Liberdade não se ganha, conquista-se. Alforria era muito para quem já fora tão humilhado. Havia um padre persuadindo...

Capitão Nuno amava os negros, seus escravos. Sinhá Jacintha amava a negra Rosa. Não tinham herdeiros. Nomearam os escravos. Capitão Nuno apenas fez o testamento em 1869. Calou-se e morreu. Sinhá apenas leu em 1871. Leu para morrer. O padre rezava missa e dava confissão. A negra Rosa ia até a igreja orar e se aconselhar...

Para os escravos não bastava o amor ou a consideração do Capitão e da Sinhá. Os negros fizeram aquela riqueza com o próprio cativeiro. Cobraram tudo a um só tempo, a riqueza e a liberdade. Algo mais forte ardeu na memória negra, para muito além do amor do Sinhô e da Sinhá. Algo que cobrou pelo fervor da raça.

O farmacêutico — meio médico, meio legista naquele canto de mundo — apontou para crime. Rosa, depois de muita relutância, confessou, aos prantos. Os homens da lei omitiram um tanto. Preferiram os negros amordaçados e culpados. Jacintha foi ter com o Capitão no cemitério. Os negros com as grades, na cadeia. O padre continuou na igreja a rezar pela falecida...

Os bens vacantes ficaram para a Igreja...

Em 1888 todos os negros foram libertos, menos os criminosos do Sobrado do Largo do Chafariz em Silveiras. O padre já havia partido para Roma."

Açúcar amargo

Tonico delirava entre a agonia que vivia nos últimos anos de vida e o remorso das lembranças dos tempos de Capitão do Mato, quando exorbitava da força que Deus lhe deu. Vinham-lhe, às vezes, à memória alguns quadros, algumas cenas dos acontecimentos em pesadelos delirantes que o faziam molhar a roupa de cama; noutras, passava como filme rodando trechos inteiros dos sofrimentos impostos aos escravos que perseguiu.

O calor sufocava e a chuva caía fina em meio à mata densa. O cavalo resfolegando por conta do cansaço de dias e noites a percorrer lugares sem estrada ou trilha. O cão farejando à frente. Revólver na cintura, relho à mão, laço amarrado à garupa sobre a capa e espingarda na cabeça do arreio, Tonico tinha os sentidos como onça. Comida era o que lhe davam pelo caminho. Um Capitão do Mato gozava de prestígio e respeito, pois era garantido pelos Coronéis do Café.

Tinha ainda quinze anos, mas já era tido como o mais destemido Capitão do Mato daquelas paragens. Na sua idade, já havia enfrentado todo tipo de desavença.

Enfrentou bandido, feras selvagens, picada de cobra, clima hostil, doenças. Dormia ao relento e recebia quantia vultosa pela captura de um escravo, mil réis. Dizem até que já havia deixado algumas mulheres buchudas pelas beiras de estrada.

O cão deu sinal de que farejou algo próximo. Cachorro treinado especialmente para aquelas caçadas, não fazia barulho, apenas se aprumava para a direção da presa. Tonico apeou, afirmou a rédea do cavalo e caminhou o mais silencioso que a floresta permitia. Sacou da arma. O cão ia resoluto, tudo indicava que a presa estava ali a alguns metros. Algo pulou em disparada. Tonico viu de relance o que queria ver. Montou súbito e pôs-se em bateria sobre o fugitivo. Iniciou-se mais uma de suas inúmeras perseguições. Um negro escorregava por entre a ramagem molhada, como peixe. Estava extenuado, há dias sem comer e noites mal dormidas, tomando chuva e passando frio. Tonico sabia que era, agora, questão de tempo. A perseguição daria em resultado favorável. O sonho de liberdade é que ainda movia aquele infeliz.

Tonico saltou do cavalo para que o cachorro não matasse o pobre negro. Amarrou-lhe as mãos para trás, o laço no pescoço, lavou-lhe as feridas das mordidas e montado foi puxando o escravo até a estrada. O negro caminhava trôpego com o cão no seu encalço. Não havia mais o que fazer. Era levar o escravo até a fazenda de seu tio, que lhe fizera a encomenda, entregar a mercadoria, receber a paga e voltar para casa se outra encomenda não lhe ofertassem.

Na varanda da casa, Maria servia café e broa de fubá aos visitantes, todos homens de farta idade, que vinham para uma visita de domingo ao amigo que já não os podia reconhecer. Tonico entrevado jazia na cama, corpo atrofiado em posição fetal, largado aos cuidados da mulher, que olhava pelo marido como por uma criança. Empurrava-lhe pacientemente mingau pela garganta quatro vezes por dia, limpava suas necessidades, lavava-o e mantinha-o apenas coberto, pois as roupas já não lhe valiam.

Os homens já não passavam da varanda, para onde vinham em solidariedade mais uns aos outros, que ainda podiam usufruí-la, que propriamente ao dono da casa, que já não era sombra do que fora. Punham-se a recordar as bravuras do amigo. E as recordações, a cada narrativa, vinham com mais detalhes e maiores bravatas. Contrastes da vida: na cama Tonico a ruminar seus remorsos, na varanda os amigos a reverenciar seus feitos. O remorso é o que lhe ficara como débito de vida, a esvair suas últimas respirações.

Tonico era homem impetuoso que, quando saía de casa, punha a vida pendurada no cabide: começavam os visitantes. Depois de homem feito, largou a vida de Capitão do Mato, já com muito dinheiro juntado, comprou terras e chegou a ser um dos mais famosos cafeicultores do Estado. Era honesto e trabalhador, chegou a ter cento e cinqüenta mil pés de café quando morava na Fazenda do Caracol. Depois de deixar a lida do mato, não andava mais armado. Sua arma era um relho que trazia na cabeça do arreio.

Contam que uma vez entrou a cavalo dentro da cadeia pública atrás de um soldado, arrancou-lhe o revólver da mão com o relho, distribuiu pontapés pela soldadesca e saiu em direção à casa do Juiz, jogou a arma pela janela e disse: "Cuida dessa criançada que anda brincando com coisa de homem pela cidade, doutor".

Dias depois, sabendo que o Juiz manifestara intenção de decretar sua prisão, saiu em direção à cadeia, tomou a chave da mão do carcereiro e trancou-se.

A notícia se espalhou em brasa pela cidade até chegar ao Coronel Eduardo Ferreira de Abreu. Ao saber da notícia, o Cel. disparou para a casa do Meritíssimo Juiz Eurico Rezende, recém-chegado da capital, homem gordo, ligeiramente calvo e pouco afeito a situações como aquelas, de gente do mato. Ao chegar, o Coronel encontrou o homem suando e inquieto, caminhava pela casa toda. Mal terminou de bater e a porta se abriu, como se a pálida e muda serviçal já esperasse pela tempestade.

Eduardo Ferreira encontrou o Meritíssimo não menos pálido e assacou de pronto: "Se até as seis horas da tarde o Tonico estiver lá, aquela espelunca vai arder no fogo do meu isqueiro".

Virou as costas e ia saindo quando Eurico arrastou o que pôde em resposta: "Coronel, foi ele mesmo que se trancou."

— Pois vá até lá, resolva esta situação, solte o homem e ensine aquela fardama fedorenta a lidar com homem de bem, se não eu os amarro no pelourinho, pelados e com a bunda virada para a Praça.

À noite Tonico estava tomando cerveja e jogando bacará na venda do Zequinha. Ninguém ousava comentar nada sobre o ocorrido na frente do Capitão que, de sua parte, dava o assunto por vencido e punha a cabeça em outros assuntos mais divertidos, como beliscar as nádegas das mulheres que rodeavam a mesa de jogo.

Tonico era cabo eleitoral e homem da maior confiança do Coronel Eduardo Ferreira. Era o único que tratava o Coronel por "vancê". Havia profunda amizade e mútuo respeito.

Contam que doutra feita, quando Tonico comprava votos para o Coronel na porta da Cadeia Pública, onde se davam as eleições, um homem vendeu seu voto por duzentos réis e subiu as escadas que levavam ao gabinete. Eram dois lances estreitos de escada de tábuas.

Estava Tonico a anunciar as vantagens de se reeleger o Coronel, quando alguém lhe sussurrou ao ouvido que aquele homem que lhe vendera o voto fazia pouco, estava a negociar lá em cima com a oposição. Tonico não esperou o fim da história, subiu as escadas feito bala, agarrou o fulano pela cintura, esfregou-o pela parede escada abaixo sem deixá-lo pôr os pés no chão, jogou-o no meio da praça, aplicou-lhe boa surra e arrancou-lhe os duzentos réis de volta. Deu-lhe ordem para nunca mais aparecer no povoado. Foi obedecido integralmente.

Tonico, não obstante a bravura e a coragem, era homem bom e amigo fiel, para todas as horas. Com seu irmão Pedro Pinto, faziam amigos quase todos do povoado e arredores, que também ninguém queria ser inimigo dos dois.

Quando vinham os dois a cavalo pelas ruas do povoado, sempre tratando de assuntos divertidos e às gargalhadas, as mulheres direitas fechavam as janelas para a rua e as rodas silenciavam as conversas até que estivessem longe.

A cavalo os dois valiam por um pelotão. Haviam já lutado e posto a correr dez homens. Pedro tinha o corpo cheio de cicatrizes de corte de faca e tiro. Tonico havia escapado de tocaia e de uma machadada que lhe partiria a cabeça em duas se não lhe fossem a habilidade e a coragem. Foi a única vez que se desentendeu com o Coronel Eduardo Ferreira.

Estavam os dois e mais o Tenente Arlindo Torres a conversar sobre questões políticas no escritório do Coronel.

Tonico estava à porta, segurando a folha de peroba, mais a ouvir que a falar. Falava pouco sobre política, era homem da peleia, das soluções de rua.

O Coronel, por seu lado, comentava e dava as instruções sobre suas pretensões. Homem sempre bem vestido trazia um lenço à mão com o qual enxugava o suor do rosto.

Naquela ocasião, o Coronel caminhava pela sala comentando sobre a conjuntura política envolvendo o governo central e sua relevância para o povoado, quando Tonico fez breve comentário despretensioso, justamente quando o Coronel passava em sua frente. Eduardo Ferreira fez um gesto ríspido com o lenço que tocou de raspão no rosto do Capitão ao mesmo tempo em que dizia: "Vancê não entende dessas coisas, Tonico."

O homem, sem tempo para o que se deu, voou sobre sua própria mesa e desmoronou sobre a poltrona que partiu em duas. Tonico saiu sem dizer palavra e sem olhar para trás.

Conta o Ten. Arlindo que os olhos de Tonico queimaram o espaço da sala, de ódio. Os dois eram compadres e como irmãos, mas nasceu ali uma das mais árduas batalhas pessoais que o povoado conheceu.

Diferentemente de Tonico, o Coronel tinha seus métodos de vingança que não eram pelo uso das faculdades da coragem. Tonico, por seu turno, conhecedor das artimanhas do agora inimigo, redobrou a atenção, mas não mudou seus hábitos para não passar por medroso.

Certa tarde, quando voltava do povoado a cavalo, ao cair da noite, pressentiu que algo estava arranjado, mas não diminuiu o trote do animal. Afinou o ouvido ao passar sob a grande figueira à beira do caminho, quando ouviu o engatilhar seco de uma arma...

Lembrou-se dos tempos de Capitão do Mato. Saltou ligeiro do cavalo e mantendo-o em marcha, pulou em direção à tocaia. O tiro zumbiu sobre o cavalo sem encontrar o cavaleiro e serviu para anunciar a posição do tocaieiro, que, ao perceber a falha, disparou desfiladeiro abaixo sem dar tempo ao Capitão. Tonico reconheceu o vulto de Felinto, um sujeito sujo e covarde, mas muito rápido para ser perseguido naquelas circunstâncias.

Tonico não se fez de intimidado e retornou ao povoado. Ao chegar encontrou-se com Pedro e narrou-lhe o ocorrido. Foram beber cerveja justamente na venda do filho do Coronel. Aquilo era provocação em demasia.

Lá pelas tantas, o atirador apareceu com ares de desentendido. Era frio o bastante para tais assuntos. Fez com a cabeça para os dois irmãos e encostou-se no balcão ao lado de um machado que ficava exposto à venda.

Tonico não suportando a vontade de lhe passar as mãos pelo pescoço, virou irônico e fez a provocação que sabia certeira para Felinto:

— Fui atacado hoje na Figueira, oh Zequinha! Mas capanga de bosta, com cheiro de urina de coroné no rabo, não acerta tiro no Tonico.

O capanga passou a mão no machado e avançou para cima de Tonico que, prevendo o gesto, ao invés de recuar, avançou para dentro do golpe, passando por debaixo do machado, agarrou o fulano pela garganta com uma das mãos e a outra no punho que sustentava a arma. O machado escapou da mão do agressor e resvalou a cabeça de Tonico, abrindo-lhe um talho no couro cabeludo. Mas o tocaieiro já voava pela porta e, ao cair no terreiro da venda, encontrou uma foice que algum freguês deixara antes de entrar para uns goles. Repetiu-se a cena, Felinto não teve tempo de golpear, Tonico estava dentro demais para ser atingido. Posto novamente no chão, Felinto levou surra merecida e Tonico, para ridicularizá-lo ainda mais, arrancou-lhe o punhal que levava à cintura e furou-lhe as nádegas várias vezes.

O atrevido saiu cambaleando e gemendo em direção à casa do Coronel, enquanto ouvia Tonico zombetear: "Diga ao seu patrão que da próxima vez mande cinco melhores que vancê." Naturalmente que o Coronel ouviu a troça. Sua casa ficava a meia quadra da venda.

Tonico voltou para a venda, sentou-se ao lado do irmão que não se moveu. Não foi preciso. Continuaram bebendo cerveja e rindo do acontecido. Ninguém ousava comentar sobre o ferimento na cabeça do Capitão, que sangrava pouco, mas que já lhe ensopara a camisa nas costas.

O Coronel nunca mais mexeu com o assunto. Ficaram sem se falar por nove anos, até que um dia mandou recado ao Capitão que queria lhe falar. Tonico mandou responder que sua casa era sempre aberta aos amigos.

O político marcou a data e mandou anunciar ao Capitão. Tonico mandou Maria preparar um café simples e que viesse ter à mesa para demonstrar que ela também não guardava ressentimento e muito menos medo ao visitante.

Mas a lembrança que manifestavam com maior orgulho era da revolução de trinta, quando o povoado foi o último a tombar, última trincheira de resistência da Revolução Constitucionalista. Restaram na trincheira Tonico, Pedro, seu irmão, e mais quatro outros comandados. Três de seus irmãos ali morreram. Resistiram por meses, colhendo água e enterrando seus mortos na trégua das madrugadas. Foram presos os seis últimos, não por terem se rendido, mas por terem sido achados desfalecidos, esquálidos, famintos e feridos de bala. Foram literalmente arrastados até a cidade e deixados em meio à praça aos cuidados das mulheres, por entenderem os soldados republicanos que não sobreviveriam. Apenas dois sobreviveram a tão dura provação, Tonico e seu irmão Pedro. Por essa causa, pela coragem demonstrada, foram banidos da vida política da cidade justamente pelos adesistas que na hora que pressentiram o perigo, aderiram a Getúlio. Tornaram-se líderes políticos do povoado por traição. Há pessoas que se tornam "heróis" por atos de covardia.

Era dura lembrança que lhe restava como pesadelo, que ia e vinha. Um remorso que o mortificava. Prostrado a ruminar seus pecados, tendo Maria para ajudá-lo naquele calvário. Maria, que ele tanto humilhara, era agora sua dedicada e resignada enfermeira. Devolvendo com afeto os desaforos que sofrera durante anos, em que apenas fez cuidar da casa com esmero e parir seus filhos com amor.

O mingau que lhe dava era feito de leite, farinha de milho ou maizena, cozido com açúcar. Alguns anos depois da tal revolução, houve forte recessão e muitos produtos foram racionados, dentre eles o açúcar, que era enviado pelo governo federal para que a prefeitura o repartisse entre as famílias do local. Pois os heróis covardes, agora títeres políticos do lugar, estocavam o refinado produto e o distribuíam ao seu interesse político, locupletando-se com fartura, servindo aos bajuladores com os compromissos de recompensas e aos antigos heróis das trincheiras, com descaso e humilhação. Tonico já estava entrevado. Maria, sem que o marido soubesse, mandava um dos filhos humilhar-se diante do Prefeito Roberto em busca do produto que completava a receita do mingau. O açúcar era cedido, mas não sem a relutância objeto da humilhação estudada e planejada. O açúcar vinha para Maria com um gosto amargo de vingança de covardes.

Chei di graça

À passagem daquela figura invulgar, acorriam todos para saber "para que bandas" seria o velório. Terno marrom pra lá de surrado, chapéu de aba curta ornando com a roupa, montado num burrinho preto de tal jeito desajeitado se punha com as pernas dependuradas, contrastando uma figura alongada, quase cômica se não fosse pela aura de "rezadô". Lá ia trilha de sertão afora o Chico Amorim, apelidado Chico do Rosário, cada vez que Deus mandava buscar alguém, para livrá-lo do sofrimento da vida. O velho Chico morava pelas beiradas da Bocaina e circulava por aquelas bandas a rezar defuntos. Era seu ofício. Morria alguém num cantão qualquer, não tardava, e o homem chegava. Nem precisava mandar chamar. Como se diz, notícia ruim tem perna comprida.

Inhá Jacinta morava nas barrancas do belo Rio Sertão e passava os dias nos cuidados da morada, como toda boa mulher de caboclo. Com o marido e filhos na roça, ficava com as filhas a cuidar da casa, das galinhas, da horta, do moinho-de-pedra, do monjolo e do chiqueiro. No final da tarde rachava lenha para o fogo da janta e do almoço do dia seguinte. Lá ia levando sua vida sem se dar conta do encanto que os rodeava, por duas contas: o rio, as árvores, as flores e os pássaros eram parte de sua existência desde que nascera e, por outra, sua percepção era por demais voltada para as coisas da fé. Trazia a casa entulhada de santos por tudo, para todas as devoções. Nas paredes de todos os cômodos, onde jaziam tortos, acompanhando a irregularidade das paredes de pau-a-pique e sobre todos os móveis e prateleiras, às vezes não sobrando espaço para os parcos utensílios. Mesmo do lado de fora da casa, sempre encontrava um buraco de barranco, ou oco de pau, onde enfiar suas imagens compradas "n'Aparicida".

Naquele início de tarde, ao avistar o Aparecido que vinha desembestado morro abaixo, teve um pressentimento que lhe pôs o coração aos pulos. "Oh Inhá Jacinta, o siô seu marido teve um quarqué coisa i us fio tão trazenu ei pra casa". A mulher pôs-se em desamparo, abraçou as meninas que já iam aos prantos e agarraram-se todas com as primeiras imagens que lhes surgiram à frente.

A notícia definitiva veio confirmar o mal maior, a visita da morte. O corpo inerte do caboclo Juvenal vinha, braços e pernas dependurados, no completo abandono de si mesmo. Os filhos, calados, dividindo o peso entre o coração e os braços, agarrados ao corpo do pai, com o cuidado que a irregularidade do terreno lhes permitia.

A notícia correu e logo vieram, solidários, os caboclos mais velhos da região, que sabiam como lidar com a coisa. Improvisaram, ali mesmo, algumas tábuas com que montar um caixão rústico, envolveram o defunto dignamente nas melhores roupas que puderam catar nas casas mais próximas, amarraram pés e queixo e acenderam velas para os lados da cabeça, que era por onde a alma vinha ser buscada.

As mulheres ensaiavam, aflitas, as primeiras Ave-Marias quando surgiu, circunspecto, à porta, a figura "eclesiástica" de Chico Amorim. Sabia-se esperado. Conhecia a moda do povo dali. Sabia se fazer clerical, bondoso, circunstância estudada para o momento. Com voz deliberadamente embargada e cantarolada, gestual paroquial, caminhava em oração ao encontro do falecido. Impunha a mão direita sobre a testa do defunto e resmungava algumas coisas ininteligíveis, em latim, ao mesmo tempo em que sacava uma surradíssima bíblia de bolso e já com o rosário dependurado num dos dedos. Abria numa página de praxe, para o caso dele, talvez a única que tinha decorado, pois a leitura não lhe era habitual. "Naquele tempo estavam as irmãs de Lázaro a chorar pelo irmão falecido quando, aproximando-se, disse Jesus..." e lá seguia ele buscando confortar os familiares, evocando o tema da ressurreição em poucas palavras, pois, sabia-se incapaz de ir muito além sem se perder. Logo puxava a ladainha com o terço: "Ave-Maria chei di graça, Senhor ..." Nesse mister era impecável. Sabia pôr entonação certa em cada trecho e em cada momento pausar de tal jeito, que lá pela quarta ou quinta Ave-Maria a catarse estava posta: ninguém mais chorava. Todos obedeciam ao ritmo entoando, estridentes, com grande devoção, sob o comando daquele "maestro"...

Suas habilidades não se resumiam ao rosário. Quando sentia que a sala podia seguir as orações sem seu comando, passava o terço para uma viúva qualquer, mais saliente, e seguia para a cozinha. Puxava alguém da família pelo braço e passava a dar ordens de "chef", acendendo a lenha, pondo água a ferver para o café, mandando estourar pipoca, "desenlatando" roscas e biscoitos, partia para o quintal sussurrando docemente no ouvido da recém viúva que o povo estava com fome e carecia, bondade cristã, se ofertasse boa canja de pato aos fiéis.

Com a abertura das portas da cozinha, outras receitas surgiam, ao gosto dos penitentes. O toucinho que esperava no defumador e a carne de porco que repousava em gordura, dentro de um latão-de-leite, eram postos a serviço da gula geral. E mais um pouco de liberdade ofertada, dava-se o esperado, rolava cachaça. Era a porta que libertava muito de timidez, soltando línguas para causos e fuxicos. Dentro de casa, algumas velas e lamparinas faziam luz empurrando os libertos para a escuridão quase total do terreiro, onde a sensualidade fazia adeptos. Alguns poucos relembravam as bondades do falecido, um grupo empreendia seus negócios, pela oportunidade, mas predominavam a sessão de humor e os namoricos.

Causo peculiar, que chamou a atenção dos "degustadores", foi o encontro do Chico Arve com o Bastião da Rosa. Disse o primeiro: "Oh Bastião, vancê passô na venda du Juaquim onti i num foi falá cumigu?"; no que respondeu o segundo: "Mai eu num vi vancê lá, homi!". "Ora Bastião, vancê num viu um cavalu brancu amarradu na porrrta?, intão, era eu qui tava lá". As gargalhadas se misturavam com o zunzum que vinha da cozinha, onde o bom cheiro já atraia muitas narinas e muita conversa.

Nos cantos mais escuros do terreiro, casais improvisavam seus "chamegos". No paiol, bom, o que no paiol se dava não se conta num velório.

Chico Amorim circulava por todas as rodas, como que para mostrar ofício. Sempre com opiniões muito próprias, deixava grupos comovidos e outros aborrecidos. Voltava, vez por outra, à sala do velório, retomava o comando da ladainha, dizia algumas palavras de consolo, fazia o encerramento do primeiro terço e a abertura do segundo. Não era conveniente deixar o ambiente sem reza. Retornava à cozinha vistoriando o cardápio e dispunha-se voluntário para degustador. Comia com desenvoltura, ao mesmo tempo em que incitava a todos, quando caminhava com o prato em exposição. Talvez estivesse, naquele gesto, seu maior carisma. Sob sua influência, as pessoas se sentiam à vontade para também atacar a panela. Ciceroneava, fazia-se dono da situação, punha todos "em casa", distribuía comida e sorrisos, o que lhe garantia o sucesso e a simpatia geral, franqueando-lhe acesso em todas as casas, em todos os passamentos...

A dona da casa, lá pelas tantas, via-se aflita. O que era para ser um velório havia se transformado, na verdade, em festa onde o que menos se fazia era chorar. Mas, por outro lado, dava-se por vencida, acomodada com os cuidados assumidos por outrem, que ela estava mais era para a perplexidade com a ausência do marido.

Mal raiava o dia e o cortejo fúnebre saía em direção à igreja. Para cumprir os dez quilômetros de caminhada até à cidade, ia, impávido, à frente, o Chico do Rosário "puxando" o terço e o ânimo dos penitentes, mas não sem antes ter recebido, como paga, uma leitoa ou um pato ou, na pior das hipóteses, um frango "ofertado" pela viúva. A passos largos, seguia investido da convicção de mensageiro do céu até o altar, quando deixaria, aos cuidados do vigário, a encomenda daquela pobre alma. Logo atrás seguiam o caixão levado por voluntários mais chegados, um embolado de senhoras chorosas e, no último pelotão, um disperso grupo de cambaleantes solidários no sofrimento.

Por derradeiro seguidor, oportunista inveterado, cavalgando travesso no burrinho preto do afamado "rezadô", ia Aparecido, levando um menino na garupa. Apressou-se em se oferecer para cavaleiro naquela circunstância imperdível, mesmo correndo o risco de voltar a pé, se outra oportunidade não lhe surgisse no regresso. Com visão privilegiada, podiam apreciar todo o movimento do pitoresco cortejo. Divertiam-se com a claudicante marcha de cada um. Todos de sapatos nos pés, pela falta de hábito, produziam efeito de se pôr a rir. De vez em quando, alguém parava para urinar e lá ia o Aparecido assoviando em tom de pilhéria, pondo desajeitado o mijão.

A madrugada, daquele dia de abril, havia oferecido leve garoa a umedecer a poeira do caminho. Uma passagem mais estreita, capaz de estrangular o cortejo, fez redobrar o cuidado de todos. A respiração acelerou nervosamente. Havia antecedentes para pôr atenção. O caixão era sem alças e os cortejadores hesitavam. A hesitação provocou insegurança. Um dos mais jovens escorregou, levou outro consigo e o caixão tombou, abriu-se e despejou o conteúdo sobre os caídos. O burrinho se viu só. Os meninos apearam meio caindo e dispararam de volta para a Casa Grande. No caminho, Aparecido atochou: "Ave Maria chei di graça..."

O primeiro assassinato

Sílvio Nóbrega fechou a Coletoria naquela noite de serão solitário. Era mês de correição.

Caminhou passo forte tomando a rua da praça. Do alto dos postes caía luz fosca sobre a terra molhada. Folhas amareladas de um velho livro, de uma velha história. Uma infinidade de insetos bailava em torno de cada lâmpada em busca de janela para o dia que não havia nem haveria. Debatiam-se freneticamente contra a lâmpada até caírem no chão com as asas queimadas. Difuso pressentimento correu-lhe pela mente...

As mariposas giravam à noite em volta das lâmpadas, como ele durante o dia entre os arquivos. Pensou no conflito com o filho, pelo amor da mesma mulher, e num modo de conciliar. Pisou mais forte e respirou fundo o ar fresco da noite para tentar escapar ao ambiente de trabalho. Seu vulto na noite amarelada, vestindo longa capa preta, chapéu também preto, impressionava. Garoava.

Ele dobrou a Rua das Árvores, sem luzes, mediada por uma ponte. Ao fundo, a avenida principal, iluminada, emoldurava o contorno das árvores conhecidas. Qualquer vulto que cruzasse sua frente seria imediatamente visto, projetado pela luz ao fundo. Suspirou.

O ambiente o fez lembrar-se de Ivone. Impossível ficar uma noite sem pensar nela.

Ivone exorbitava de seu poder de fêmea. Sabia de suas curvas e trazia as roupas contornando-as, provocante, vermelha. Movia-se por entre mesas e arquivos, lasciva. Olhares mais jovens também a desejavam. Ela se sabia entre um velho e um moço. Saboreava esse prazer. Mas deixava escapar uma predileção pelo viúvo coletor. Parecia a ela mais seguro, dominador...

Nos bailes do Clube da Praça, Ivone, exímia dançarina, balançava ainda mais as ancas para os lados do coletor. De outro lado, flertava com o rapaz. Insinuou-se pelo perigoso caminho das provocações passionais.

O ruído da correnteza do rio foi crescendo aos seus ouvidos e as provocações da rapariga martelavam a cabeça de Nóbrega, quando deu o primeiro passo sobre a ponte. O som de suas passadas se alterou provocando ruído oco ressoando na madrugada e misturou-se com um estampido e um gemido. Cena apropriada para um assassinato sem provas. Cidade deserta, noite, rotineira caminhada noturna pós-serão na Coletoria e inúmeros desafetos que o coletor colecionava. Agonizou.

O menino, o irmão mais velho e os pais jogavam cartas na mesa da sala. Um estampido desfez o jogo e cresceu na imaginação das pessoas da pequena cidade. Todos os que não dormiam ouviram o tiro. O pai, policial, ergueu-se de imediato e correu para a rua. A mãe, abraçada aos dois filhos, resmungou ao marido qualquer coisa por cuidados. O menino assustado ficou sob os braços da mãe.

No dia seguinte, a cidade fervilhava de comentários e "vereditos". O menino ouvira, de conversa entre o pai e a mãe, que o homem fora morto sobre a ponte, com um único tiro no peito, que a arma do crime não fora encontrada e que, no bolso da capa preta, encontraram um retrato de Ivone. Como todo moleque travesso, escapou sorrateiro e foi em direção à Rua das Árvores, com o coração miúdo. Ao chegar à ponte viu, por entre as pernas dos adultos, a mancha vermelha no chão.

O crime não foi desvendado. Surgiram, com o tempo, inúmeros suspeitos, por motivos os mais fúteis. Mas os comentários de esquina apontavam como principal suspeito o rival pelo amor de Ivone, que por seu lado, acabou por nunca se casar. Morreu solteirona. Contam que viveu em remorso por saber-se o centro de tamanha desgraça.

Certa vez, alguns meses depois do ocorrido, o menino acompanhando o pai em visita à Coletoria, aproximou-se o que pôde daquela mulher, chegando a encostar-se em seu corpo, com a curiosidade de sentir o que de mistérios havia ali que pudesse provocar tamanha perturbação...

Travessia

O jovem fazia nervosamente os preparativos para a jornada. Eram três horas da manhã e algum galo trazia à lembrança pegadas das caravanas de outrora. Não havia relutância nos modestos preparativos para jornada amadurecida na solidão de mudanças fisiológicas e psíquicas. Estava na hora de romper com o coletivo, de afastar-se das caravanas de outrora para seguir seu próprio desvão. Apear-se de jornada alheia, para levar na bagagem suas inquietações. Bater-se com a nostalgia. Tinha que fazer um deslocamento para lamber feridas das desilusões dos áureos tempos de criança. Aquela infinita inocência e docilidade começava a perder fisionomia para cismas e astúcia.

A subida dar-se-ia a pé. Um cargueiro para os mantimentos e utensílios. O animal tinha que ser puxado em grande parte do caminho, pois o traçado não lhe era habitual. Havia constante risco de derivar por atalhos menos íngremes. A suavidade era atrativa, o desconhecido assustador. Decidido à solidão, haver-se com seus grotões, com seus espigões. Contrastes de ser!

Lançava-se, em parte pela experiência dos velhos tropeiros seus antepassados, de onde vinham sabedorias que pertencem hoje ao repertório popular: "bater no balaio para burro entender"; "praga de urubu burro não pega"; "uma no cravo e outra na ferradura"; ou "pelo tropel da montaria se conhece o cavaleiro".

Dezoito quilômetros serra acima. Trilhas para um pé só. O primeiro trecho mais suave, de topografia pouco acidentada, com vários pontos de água potável, principalmente a travessia do Rio Sertão. Momento de especial prazer. Belo banho; um desvencilhar-se para seguir, passar de um mundo a outro. No segundo trecho, a partir do Corgo Frio, trilha íngreme e abrupta. A partir dali, não se encontrava água, senão na chegada, a dez quilômetros de subida. Cada vez mais subia, mais podia ganhar a extensão do Vale, suas profundezas. Contrastes de ver!

Ao apreciar a paisagem a cada passo, sobrevinham mudanças de visão, de pontos de vista, de ângulos de observação. A partir de certa altura, era a perseverança a guiar o viajante. O cansaço não dava tempo ao pensamento. A vontade era arrastada pela inquietação. Mas ao chegar aos mil e oitocentos metros, já nos campos de altitude, tudo parecia diverso. O cansaço se transformava em alegria e entusiasmo. O frescor e a beleza reanimavam, revigoravam, enchiam os pulmões. O animal passava a trotar com desenvoltura. A chegada se dava em clima de total deslumbramento. Contrastes de sentir!

Tudo livre na roça alegre
Nos pios, na música lírica...
De teus ventos uivantes

Na célere madrugada
De volta ao teu útero

Extasiado, punha-se a desfazer o cargueiro, carregar os balaios para dentro de casa, arrumar ligeiramente o essencial, preparar comida, tomar banho. A relação de tempo estava outra. Agora era sem relógio, sem luz elétrica; era com o sol. Tinha que aprontar tudo para não ser surpreendido pela noite, que sempre vinha fria. Arranjar-se!

O fogo a lenha era mais que um agasalho, era pura reflexão, era companheiro filósofo, era memória de evolução. Contrastes de tempo!

Estar junto à luz da manhã, ver o Sol se levantar das belezas da floresta e interagindo com ela, criar cor e derreter o alaranjado frescor da neblina.

Firmando passos alegres nas areias de seus caminhos, marcando pegadas na alma. Desvendando enigmas nas pedras fundamentais recobertas por mantos de pequeninas flores, lamber cores. Visitar túneis verdes roçando a pele em cheiros silvestres, depurar sentidos. Passando por dentro de si as águas e os ares, passeando por chuvas, fazendo-se tremer com trovões nas curvas de redemoinhos e curando-se na cromoterapia do arco-íris.

Suas paisagens, meus sonhos
Sua beleza, meu encantamento
Suas curvas, meus deleites
Seus caminhos, meus pés
Suas areias, minhas pegadas
Suas pedras, meus enigmas
Suas flores, meus olhos

Seus cheiros, meu faro
Suas águas, minha sede
Suas chuvas, minha alegria
Seus trovões, meus medos
Seu amanhecer, meu despertar
Seu anoitecer, meu refletir

Reanimar-se com a energia do fogo através do alimento e revisitar o dia incrustado nas curvas da paisagem, ondas de terra com ondas de luz reanimando ondas de águas claras nas descidas encachoeiradas para elevar um degrau de entendimento.

Aproximar-se infinitamente da flor e, como borboleta, tocá-la com a ponta da língua, sem macular. Sob as luzes do pôr-do-sol pensar em gente lá das profundezas do Vale, anoitecendo com suas prisões de mercado ao som de incontáveis motores; ali, sem ouvi-los. Anoitecer com estrelas e pirilampos, vendo luzinhas enfileiradas das cidades frouxas de cansaço. Vendo as cidades alijadas do passado, de glórias, cidades sem memória, asiladas em cantos ruidosos, a viver veleidades.

Rindo e caminhando sobre pedriscos nas trilhas anoitecidas, vertendo gotículas de frio nos poros da madrugada.

Sem perder o passo, trôpego na escuridão, noite sem rumo, neblina parceira da sombra, nada de lua, nem cisco de estrelas, assombrado na iminência de precipício. O exato oposto do meio-dia, precipício de luz.

Estalidos de chamas transmutando pensamentos em dobras de mantas quentes, invertendo cronologia interior em revisões de consciência. Reordenando pedras básicas em diálogos geológicos. Remontando estruturas sentimentais em arquiteturas colossais para novamente desmoronar e se transformar em casebres de pau-a-pique. Ode à eterna simplicidade de ser. Imensas colunas se transformando em gravetos quebrados e feitos cinza nas chamas da paixão. Mover-se com paixão!

Despedaçando certezas, esfarelando conceitos e revolvendo sentimentos renovados na colisão entre verdade e ceticismo. Anoiteceu. Não se ouviam senão ruídos da noite impessoal. O silêncio afundava-se nas catacumbas da razão e saía de lá sem respostas convincentes, a não ser as de sempre. Gastava muita lenha para chegar a alguma certeza que logo se dissipava em novas dúvidas. Velhas fumaças. A credulidade de outrora estava definitivamente reduzida a pó, que, tocada pelos ventos do desassossego, espalhava-se por outros desenganos.

O que fazer para renascer das cinzas que, afinal de contas, é apenas o resultado físico da transformação de parte da matéria em energia? Pura arte... Só a arte, como resposta fundamental da existência, confirmação do estado de consciência, reverência do ser acima do trivial, gesto de amor, interliga corpo e alma. Mas ainda assim, ou por isso mesmo, restam dúvidas. Quanto mais próximo se chega daquilo que se imaginava por entendimento, mais ele se amplia e diversifica. A eternidade se manifesta plena a cada instante. Somos conseqüência desta memória...

Nenhuma taça de vinho podia desvendar o enigma, mas fazer rir dele, fazer-se encurralado com efígie. As belas dobras das chamas quentes iam pela retina revolver a carne, deixando o deserto de pequenos nacos de carvão assentados num manto azulado de cinzas quase brancas. O frio ardia por repouso...

Novo amanhecer, novo raiar de sol, novas trilhas. Novas buscas. Descobertas! Desenganos... *Impossível externar a emoção!*

> Nuvens agasalham o Vale
> O Sol lentamente incendeia os picos
> Luz de finos dedos
> Amacia a vista
> Brilhos ricos
> Escapam do sorriso sem medos
> Veste a Bela Mantiqueira branco xale
> Canta seriema cortesã
> Serena Bocaina; silêncio fugaz
> Do branco ao azul, do leve ao denso
> Amanhecer contumaz
> Despertar imenso
> Do ninho da noite ao vôo da manhã

A travessia não era física, mas de corpo, razão e emoção. Buscar no limite do contraditório de cada revelação a transformação que desestabiliza o pressuposto. O riacho não estava exatamente no mesmo lugar. Suas pedras podiam testemunhar em seu favor. O esplendor do pinheiro estava proporcionalmente ligado à sua capacidade de flutuar ao vento. Ao liberar o corpo nu em poder do mundo silvestre, a razão alia-se à intuição, não a subestima. Ao lançar-se na virilidade natural, na simplicidade de ser, era o todo de si a vasculhar na unidade para compartilhar o que de melhor sentir, o plural.

Caminhando pela floresta a catar galhos secos que lhe serviriam de lenha, deparou-se com uma lebre. Dois olhares se fixaram, estáticos. Havia desproporção de corpos, diferenciando vontades, julgamento díspare e pressentimento antagônico. No mundo natural, a lebre é sempre a caça, embora não houvesse a intenção do "caçador" em concluir pelo abate, mas pela interação. A lebre tomou a iniciativa da fuga. Não tinha discernimento para julgar intenções e sua percepção íntima estava impregnada de milhares de anos de condicionamento. Ela desapareceu. Mas ressurgiu no final da tarde a pastar pela relva mais próxima. Alguma coisa mudou seu comportamento. Passou a desfrutar da presença com descontração. Ela mudou com o observador.

Insustentável qualquer tentativa de deslindar tais acontecimentos sem correr o risco da parcialidade. São de natureza única. Sem que nada houvesse aparentemente mudado, tudo se revelava outro. O estrondoso contraste entre o mundo que se vivia e aquelas paisagens eram a porta de passagem para percepções latentes, como se esperassem por sensibilidades que as pudessem desfrutar. Ao olhá-la ao longe, com sua silhueta azul montanha, tem-se a doce sensação do belo inatingível, algo parecido a altar de horizonte, mas dentro de sua carne, contornando as nuances de seu interior lapidar, assemelha a íntima impressão de um vôo, de eternidade feita em beleza.

Caminhando sem pernas por meio metro de neblina, como se fosse de neve, na manhã leve, ouvindo nhambuxororó. Caminhava por conhecer o lugar onde colocar os pés. Há amplidão de sobra para tanto amanhecer, quando a luz e as sombras acentuam perfis, dinamizam paisagens.

Corpo nu, água gelada, pedra quente. Pedra gente...

Pedras de onde nascem formas imitando nuvens, formas

de onde nascem almas, almas que se abraçam no calor nu de sol, vento, água e sentimento. Há um ser presente, algo que a extremosa convulsão da eternidade houve por si fazer-se consciente. Pôs ali propriedades epidérmicas, com as quais se fazer arrepiar. A criação!

Vento revolvendo macega e pêlos. Sentir-se aquecido depois da água gelada. Pedra quente... Sol ardendo, corpo ardente. Os preparativos da reprodução. Pontes caíram atrás de si. Apenas lembranças e paisagens de outrora. A travessia estava dada e era preciso seguir. Imprecisão ao caminhar. Quem poderia caminhar consigo senão apenas estar ao seu lado com o movimento das paisagens. Solitários movimentos interiores. Claudicante e audaz. Delirante e introvertido. Há solidão demais para tanto emudecer!

A virada do tempo chamava-o a correr ante a iminência de granizos. Ante as rajadas de vento, desaparecer, colhido por densa neblina. Tolhido em sua visão. Novamente podia ver a luz, de novo esmaecia. Neblina ia e vinha. Sensação de que algo inesperado pudesse acontecer. Liberava o quente sol, voltava à fria neblina, até que a luz fluía plena, sensação de segurança definitiva. Insustentável, dissipando como neblina...

A porta fechou atrás de si. O cheiro do interior o chamou. Não havia carne nem pele que o pudesse aconchegar. A lembrança era para seres macios de seios arfantes. Podia ser contra a fé dos habitantes do Vale!

Um naco de pão cremoso o recebeu com o calor de brasas remanescentes. Encontro de ar e brasa, lá por seus meios minerais. Recostado podia sentir o tremor do corpo a cada pancada do coração. Quase podia sentir o vai e vem do sangue se arrastando por seus porões. Pulmões cheios.

Encontro de ar e hemoglobina, lá por seus meios orgânicos. Fluxos de energia mudando matéria e mudando gente. Engenho da mutação. Vermelhidão. Queimando matéria, queimando vontade, lá num instante de criação, para reproduzir, para perpetuar, para continuar transmutando em sua fornalha genética...

Maravilhosa sensação da eternidade, posta ao contraste de perpétua mudança e nada pode roubar-lhe tal supremacia. Inexorável a poderosa travessia de ser mutante.

CONHEÇA TAMBÉM

VIVÊNCIAS COM A NATUREZA
Guia de atividades para pais e educadores
Joseph Cornell

Através de vivências simples e lúdicas, conceitos ecológicos são reforçados, ao mesmo tempo em que habilidades de convivência e de percepção do mundo são desenvolvidas nas crianças.

WALDEN, OU A VIDA NOS BOSQUES
Henry D. Thoreau

Editado pela primeira vez em 1854, este livro é um ensaio belíssimo e sábio sobre o homem e a natureza. Une poesia, ciência e profecia, e tornou-se um ícone na defesa do movimento ecológico e na redescoberta da terra, do homem e do universo.

Inclui texto *A Desobediência Civil*.

CONTOS MÁGICOS PERSAS
Fernando Alves – *organizador*

Interessante seleção permeada de humor que compõe um mosaico maravilhoso do imaginário literário persa, terra culturalmente fértil e berço das mais antigas civilizações.

DA EDITORA AQUARIANA

EU, CIDADÃO DO MUNDO
Sonia Salerno Forjaz

Este livro aborda questões fundamentais como o respeito, a ética, a cidadania, a valorização do idoso e a disciplina, levando o jovem a compreender que, mais do que discursos filosóficos, estes temas são ferramentas para a vida em sociedade.

VIAGEM PELA ARTE BRASILEIRA
Alberto Beuttenmüller

Viagem pela arte brasileira veio para preencher uma lacuna na literatura sobre a origem e a evolução da nossa arte. Ao mesmo tempo em que informa, esta obra é simultaneamente um instrumento de aprendizagem e um livro pedagógico.

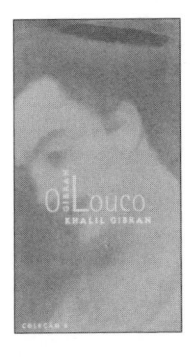

O LOUCO
Khalil Gibran

O leitor encontra aqui todas as características do poeta, do artista e do filósofo Gibran, que encontrou liberdade e segurança em sua própria loucura. O seu estilo é rico em imagens e a sua devoção ao espírito, pautada pelo respeito à ética, é a razão de ele ser admirado por leitores de todos os credos.

Impressão e Acabamento
Bartira
Gráfica
(011) 4123-0255